花見

Hanami:
The Story of Lies and
Infidelity

點子出版
IDEA PUBLICATION

說穿了，所謂秘密就是你最大的恐懼。

Preface

　　這篇序這個故事，首先要感謝裏面每一首流行曲。我沒音樂天分，小時候家裏安排我學琴，不愛練習的我每次上課都在 Sight-reading。上中學無故玩起結他來，總要依賴樂譜又覺得沒癮。幾經尋覓，終於清楚音樂世界裏最適合我的定位，就是一個聽眾。

　　歌不像故事更像詩，創作的人和讀的人不需接通，我待在當中不確定的空間寫故事。深夜窩在床邊，播放著過時但仍然流行的華語歌，空白頁漸漸長出文字，構成情節。拉開窗簾，發現天白得亮透，歌也剛好播完一首。謝謝這些流行曲在腦海不斷循環播放，讓這個故事得以寫成。

　　托出版社的信任和讀者的關照，有幸出版第三本書。事實上這個故事才是所有的起源。三、四年前在討論區講故台「瞻粗粗」開始連載，寫的正是這個故事的原版《愛聽陳奕迅的男孩：講一個第三者的故事》。這些年來偶然接到讀者私訊，談的不是新故事，而是這起舊事。答應過不會忘記，也會努力把它帶上書架的我總算沒爽約。

　　第一本書我們談「遺憾」，第二本談「因果」。兩種主題好像都太詩意，來到第三本便想從一些衝擊道德的題材入手。不談行為，「出軌」這個詞彙本身就敏感。大學其中一課談到「音那路亞婚」，意指一群兄弟與另一群姊妹締結婚姻、但無特定伴侶的婚姻關係。在我看來這種婚姻狀況顯然不算出軌，最讓我感興趣的地方是，假設牽涉者都同意的情況下，多角關係，甚至多角婚姻還是不被大多數社會所承認和接納。

　　當我們被問及如何區分友誼和愛情時，我同意其中一項最明確的分別，在於愛情有一種強烈的專屬性，深信很多人都因為這種情緒而飽受過煎熬，然而我們亦樂於接受並享受這種近乎霸道的佔有慾。把著這些充滿爭議的疑惑，我想試著寫一個大家未必接受，但也許會試著明白這種行為的故事。

　　在一段關係中，我們可以永遠不說謊嗎？如果為了保護對方而必須作出某程度的傷害，兩者之中應該如何抉擇？怎去區分這道不能僭越的界線？在寫下這個故事之前，我給自己鋪下好多道這樣的問題，摸著它們走才一直寫到結局。現在一書寫完，就明白庸人總愛自擾。這些話題或許很抽象，但當問題找上門，最誠實的人也不能保證永遠不撒謊，最虛偽的人也不能一直作假。生活需要適量的謊言作調劑，半分真相就有半分說謊的空間，我們才得以在扭曲的世界存活下來。

　　最真實的你到底是哪個模樣？水銀是一種毒素，使得鏡子不真實。我們和自己的完貌永遠隔著一段無法衡量的距離。直至你在某雙眼眸中找到自己，我相信那就是真的。

理想很遠

Contents

我們的第一課都必先學會種下願望，才能開花結果。

　　想必大家都聽說過降頭這回事，其中「木偶降」則是較偏門、殺傷力較低的一種，據聞是取名自因撒謊而鼻子變長的小木偶。沒能變成人類的小木偶成了邪靈，依附在像老木匠的老人身上。他們專門挑小孩下降詛咒，迫使他們不停說謊。直至長大成人，木偶降的詛咒仍然緊緊相隨。

　　一旦中降頭，只有不斷說謊才能保命。拒絕說謊，拒絕騙人，必然過不了明天。

　　你也可以理解為，這是一個不說謊就無法活下去的世界。無論你有否聽說過降頭的事，故事就在這裏從頭說起。只是在這之前，要相信我沒有說謊。

⏮　　　⏸　　　⏭

「故事是我寫的。」

　　小時候愛撒謊，但不擅長騙人。曾幻想如果謊言都能變成現實多好，至少不被拆穿就不用挨罵。任何人做壞事的初衷都像這樣單純不過。

　　也許是許願太多，神聽膩了。我在六歲時遇到一個老人，就此被施下降頭：我的謊言都能無條件變真，只是我必須欺騙身邊每一個人。中降十年來我不曾違約，只問過這種降頭為何存在。我不過在六歲時撒過一次謊而已。小木偶說它不討厭壞人，壞人本身並不可惡。半途良心發現，不壞到底的偽善者才最該死。

　　起初它只讓我去撒一些不重要的謊。我沒太在意，甚至有時覺得頗有趣，畢竟那些充其量只能算是惡作劇而己。

　　但這次，它讓我所撒的謊遠遠超乎了一個惡作劇，以致我不得不把木偶降的事訴諸世人。如果你相信我說的話，請大家千萬不要說謊。千萬不要。

◄◄　　❚❚　　►►

　　二零零九年，夏末。學期開始後的數星期，班上來了一個插班生。課室只剩最後一行還有空位，他順理成章地成了我的鄰座。

　　沒有降頭的話，我不過是個平庸至極的中學生。

　　由中一開始，我就習慣被編排到課室的單座位上。這種「隔離」也是無可厚非，每個班上總會有一個成績差、作業不交、上課睡覺、順利包辦各科最後一名的學生，而我正是如此。每年僥倖升班，大概是學校想儘快把我送上中六，畢業離校就眼不見為淨。

　　說到這裏，你大概會以為我是那種領帶沒打好，襯衣也沒熨好，配上一個淺金色迅雷頭的臭小子。事實上這個故事的主人翁是一個不折不扣的女生。要是你有耐心看到這裏，希望這個女主角不會讓你太失望。

　　架著厚厚眼鏡、頭髮毛燥蓬鬆，像在圖書館撿來的書呆子。

擁有這種設定的學生通常也會被孤立。我要澄清一點，其實班上並沒有人故意去排斥我或是甚麼的，而是我本身就散發著一種不被討好的氣場，以致沒有人會接近我，我也沒去主動接近別人。

我想或多或少，是受我從小就中了降頭影響。

具體來說，被下降頭後久不久就會有把聲音在我腦海出現。它有時候會和我對話，有時我問它問題又不會得到回覆。我想降頭也有它的脾氣。

如果我拒絕服從它的指示說謊，整個人會渾渾噩噩，然後從額頭開始發燙，接著是鼻頭（不用多說也知道和小木偶有關），繼而渾身痕癢不止。

無論是否相信降頭這回事，你可能也會詫異為甚麼我會一直忍受被這樣操縱著。其實嚴格來說，這也可算是一個交易。我說謊的話，可以換來一些「好處」。面對這個好處，我甚至懷疑連最虔誠的教徒也會欺騙上帝。

◀◀　❚❚　▶▶

以前我也挺在意自己永遠在分組時落單，午休時看別人三五成群，我只好躲在球場觀眾席的角落，務求不讓自己那麼顯眼。只是每當有人經過，種種不友善或可憐的目光總會鋒利地向我投下，形單隻影的我總是無力招架。

　　祖母還在生時，她每逢週末都會來我家中探望我。此舉大概是一半出於可憐，一半出於責任。畢竟兒子離家出走，她不多不少也感到抱歉。但我不討厭祖母，因為她是唯一一個還會樂意和我說說話的人。

　　直至年初她大病一場，在病榻之上咳嗽不斷，以嘶啞的聲音問我：「在學校過得還好嗎？」

　　那刻我好有衝動想要把自己所經歷的委屈全盤吐出，其實我過得一點也不好。她的問題像是讓一片沉鬱已久的烏雲終於找到能夠下雨的缺口。我每天上學就有如一個懼水的人被丟進大海，拚命呼救只會多嚥幾口鹹水。

　　正當我打算和祖母吐露一切之際，小木偶的聲音出現了。它從不顯露於人前，我也無法見到它。它的聲線充滿稚氣，聽起來是一個天真爛漫的孩子；語氣卻異常堅定，像一個半生苦心雕琢木作的老匠人。

　　這把聲音就像植入我腦袋一樣，在某些時刻就會浮現。特別是在我不願欺騙的人面前。

　　告訴她：【你活得很好。】

　　它每次就會這樣下達指令，一個多餘的字都沒有。而我聽到這把聲音總是無力反抗，每次就此說出大大小小的謊言。十年來一直如是，這次亦是同樣。

「我很好。」我咽下唾液，把本來要說的話硬生生吞回去。

祖母點點頭，我分不清眼神是看我的溫柔，還是折磨帶來的朦朧。只知道不久之後，世界就真正的剩下我一人。

然而我所說的「好處」，就在此時發揮作用。降頭讓我說謊，但同時它會將我說的謊言變成活生生的事實。

那次我對祖母訛稱自己過得很好。自此學校的人仍然不接近我，以看怪人的眼神看我，分組也繼續落單。不同的是我竟然開始習以為常，不覺得這是甚麼一回事。在無力改變的困境下，我漸漸真的自覺過得很好。

所以我不能說這個降頭在強迫或操控我，因為同時我亦在倚賴它，我甚至無法分辨何者更甚。我和木偶降相安無事地共處了十年，直至十六歲的某日，亦即插班生來到的那天。

插班生是個高個子，看任何人總是有種居高臨下的感覺。霎時間有人坐到旁邊，侵略了我專屬的空間，讓我有點不舒服。我們只打了個照臉而沒打招呼，他不像其他人一樣低頭玩手機，也不說話，只是托著頭，維持這個姿態半天也不動。

本來以為他是那種認真聽課的孩子，直至發現他的掌心藏著一點微弱的光，似是一握緊就能捏滅。很快我詫異的目光被逮住了。沒答話或解釋甚麼，他只是把食指豎在唇上，示意我不要吭聲。我暗自納悶，我雖不擅交際，亦未至會告發同學那般不識相，

除非我看起來真有那麼奇怪且不懂世故。

他掃視課室四周，小心翼翼地將某樣細小的物件交到我手中。

是一邊入耳式耳筒。

視線循著耳筒的電線走，一直走過他身上明顯簇新的毛衣，再連到他掌心的那點光芒。瞇起眼終於看清那是一部非常小巧的mp3 播放器，熒屏小得只夠容納一行字。

學生時代，在抽屜偷玩手機、看小說、看漫畫平常不過，但插班生偏偏選擇聽音樂。

「你在聽甚麼？」我好奇那是音樂還是收音機。省卻介紹自己的尷尬，我劈頭第一句就這樣問。

他沒答話，只是一瞥我掌心的耳筒，再指向自己的耳朵。

我笨拙地模仿他，心底還是會怕被發現，但音樂旋即竄進耳窩。

　當赤道留住雪花　眼淚融掉細沙　你肯珍惜我嗎
　如浮雲陪伴天馬　公演一個童話

歌詞很耳熟，但說不上名字。也許是我根本沒聽過這首歌，只是被他哼歌哼了一整個上午而變得熟悉。

一曲播完，同一旋律像滾輪一樣再奏起。很快我就發現他開啟了單曲循環。直至下課，右邊耳筒仍然播放著同一首歌。但他揩著耳筒的左邊，邊聽邊哼不亦樂乎。

　　直至這刻，他還沒張開過嘴說話。

「為甚麼你一整天就聽同一首歌？」事實上我是一個甚少聽流行曲的人。讓我去數本地歌手的話，大概連五個也數不上來。

　　插班生輕笑，臉頰跑出了一窩酒窩，使整張臉看起來竟有點違和。覺得奇怪也正常，酒窩本來就是臉部肌肉的一種缺陷，偏偏被誇好看。難怪有人說生命也要有遺憾才美。

　　然而他最後也沒有給出答案。我們耳裏還是那首不斷在循環的單曲，直至最後一節下課鈴聲響起，課室的人潮陸續散去。

「這首歌到底叫甚麼名字？」一整天過後，我幾乎已經記熟了歌詞，只是依然不知道歌名。

　　剛問完這道問題，我才發現自己一直在發問，卻沒有得到過他的回答。在他眼裏看我肯定是蠢斃了。

　　插班生背上一個黑色背包，上面沒有任何牌子標記，肩帶上的花白斑駁是擦痕。

　　他終於張嘴，卻是反問我：「那你叫甚麼名字？」

　　不過回想過來，我們今天根本就不怎麼說話，大多時間只是隔著兩邊耳筒各自發呆。

　　我不喜歡自己的名字，所以一向很抗拒結交新朋友，我實在無法自豪地說出名字介紹自己。但生活總會碰上很多無可奈何的時刻，必須妥協才得以融入這個不怎麼歡迎我的世界。

　　「我叫——」

　　插班生不待我回答，擺擺手便往門外走去，看似在趕時間。但明明是他拋出了問題，怎麼沒接住我的答案就走了。

　　下課後我不急著回家。黃昏把走廊外的天空暈染得很好看，夏與秋之間的交界總是讓人懊惱要不要穿毛衣。

　　插班生把播放機留在抽屜了。我拾起，小小的熒幕顯示「播放中」，後面就是這首歌的名字。甫看先是心底一寒，下一秒便按捺不住大笑。

　　頓時回想，一大清早我就因為欠交功課而被點名了好幾遍。插班生早就知道我的名字，所以才一整天在哼這首歌。

　　♪ 播放中：當這地球沒有花 .mp3 ♪

　　一天下來，每句歌詞言猶在耳。

我是阿花，數到二零零九年的故事，還在中四課室，那年我第一遍談戀愛，但對象不是插班生。

　　這天我沒有問到他的名字。在這裏只好繼續喊他插班生，或者愛聽陳奕迅的男孩。

　　與木偶降無關，我很常從夜深的夢魘驚醒。睡得不穩，被硬分成碎片的夜晚更是漫長。

　　基於某些原因，在很早之前我就習慣獨自生活。只是像現在深夜乍醒，拉開窗簾還是會看到對面零零丁丁幾戶在亮著燈。這幕讓我覺得這個城市好孤獨，但孤獨變成眾數還是一樣難過。燈火明明和寂寞扯不上一點關係，只是孤寂的感覺太虛無，我們需要找個實物去把它形象化。

　　在遇上阿草前的十幾年，我一直都以這種步伐，步履蹣跚的一路走來。

　　在這個故事，我就此把他喊成阿草。讀下去不難發現「花草」這對名字是我們唯一相襯的地方。他熱愛棒球和籃球等等累死人的玩意；我則連一樣提得起勁的興趣也沒有；他是那種上課會坐得端正的好孩子，我是被放逐到最後一排的問題學生——我和他甚至沒有待過在同一班，也從不察覺對方的存在。

　　我們就似電台的兩條頻道，同在大氣電波又各不干擾，一旦交上便會失衡。

　　而我們碰頭的一天，的確就是電波失衡了。

　　那天午休，我如常窩在學校球場觀眾席，離開時發現有人遺下了一個保溫瓶。

　　我抬頭一看操場中央的溫度計，都怪氣候反常，秋天正午竟然也有三十度。很可能比保溫瓶內的液體還要熱。瓶身滿是被鎖匙或硬幣等金屬刮花的痕跡，我把它帶到校務處，打擾了在打瞌睡的當值阿姨。

　　「今天內線電話壞了。」她正欲提起話筒去喚失主，卻開始埋怨電話內線好像出了甚麼問題的碎碎唸，她瞥了我一眼，再指著保溫瓶上的名字，差遣我去給失主送還。

　　壞掉的頻譜就這樣胡裏胡塗地交上。那天過後，我再沒有忘記過保溫瓶上的那個名字。

　　每天早上我們會約好一同回校，多虧這樣，我在成績表上的評語上才能獲得「守時」作唯一一個褒義詞。遠在街道的另一端，他老早就到了。學校和我家都在柴灣，他住荃灣，聽起來還不算太遠。入冬的時候，天沒光透他還是沒遲到過一遍。

　　在我們交往前的日子或熟絡過後的現在，他每天還是會向我問好，像幼兒園教科書裏教你「如何交好朋友」的範句一樣。對於情侶來說這是件頗為彆扭的事，但我沒有在意，他真的只是個單純的好孩子而已。「保溫瓶事件」發生在中四開始後不久，我和阿草本來就不熟稔，所以在他告白的時候我還是相當意外。原諒我覺得初戀這個詞很土氣，我就換成說第一次戀愛好了。感覺沒有很強烈，也許是因為我們沒有經歷過慢慢走近，曖昧時心如鹿撞的階段，而是一恍神，他就來到了身邊。可是自那天起，好消息的快樂乘以雙倍，壞消息的擔子又輕了一半。

原來不用靠說謊，我也的確可以過得很好。

我們每天在一樣時間碰面，走上同一路徑，繞過另一條街買早餐才悠然地散步回校。阿草對時間很敏感，腕上的運動錶與他形影不離，我甚至懷疑他看我的時間和看錶的一樣多。每天不遲不早，剛好在校門關上前十分鐘達陣。

在各自的課室分別前，他問我下課有沒有事情要做。

他沒說要去幹甚麼，但放學後的約會也離不開快餐店或電影院。心想回家也是一個人閑著，我正打算應約，卻被一把久違的聲音喊止。

噗噗。

才一段時間不見，交男朋友了？

小木偶的出現總是出其不意。但偏偏要在這時候？

告訴他：【你今天沒空。】

……

快告訴他。告訴他，你今天沒空。

來不及多說一個字，我的鼻樑開始劇痛起來，痛楚使得左邊

臉頰的神經也麻痺起來。這是小木偶給的警告。

小木偶因貪玩而對爸爸老木匠說謊，懲罰是鼻子變長。在大家熟知的故事中，小木偶自此學乖，誠實的它就這樣變成了活生生的人類孩子。而事實上，該個小鎮有無數間木工小店，亦有很多個老木匠和木偶。

不少小木偶抵不住謊言的誘惑，換來的懲罰已不再單單是鼻子變長，而是將它們木製的身體部分逐漸扭曲，直至痛苦地死亡仍然無法變成人類。因為天性驅使，它們無法不說謊。

被輾碎的木偶靈魂重重依附在中降者身上，迫使我們不斷、不斷說謊去欺騙身邊的人。

我說，告·訴·他。

操控我的也是一個慘死的小木偶。它不明白，人類不也是常常撒謊嗎？為甚麼偏偏木偶撒謊就要被人嘲笑長鼻子，就要死。

是我懦弱也怕死。這十年來，小木偶要我說的謊言沒一次是得不到的。

我輕嘆一口氣，甚至不敢直視阿草：「那個，我⋯⋯今天有事。」

無法宣諸於口，我只好把不安寫在臉上，但身邊的他意識到

甚麼也不會吭聲。這是他的作風。沒必要的時候不作聲，沒搞清楚狀況不作聲，想不到說甚麼也不作聲。所以我早就習慣了他大多時候都不說話。

「沒關係，」他把兩手隨意插進褲袋：「改天再說。」他甚至不會過問我要忙甚麼。

小木偶總是這樣，向我下達指示並目擊我完成謊言後就會消失。直至下一次讓我說謊。我不清楚小木偶在耍甚麼把戲，大概只是看不過眼時下的年輕人談戀愛才多加刁難。

◀◀　　⏸　　▶▶

我忐忑地回到課室，鄰座比我更早就回到了。中四學期過了大半，插班生來校快滿一年，但越是認識他，有時候就越覺得他是一個怪人。

先不說 mp3 播放機這回事有多土氣，裏面幾十首歌有新有舊，卻只來自同一名歌手。這都算了，播放機儲存了那麼多首歌，他每天就只聽同一首，一直開啟單曲循環。翌日才會挑上另一首歌，再來單曲循環。

他說過同一首歌聽上百遍可以聽出新的感覺。我沒這種熱衷，只是覺得流行曲怎樣也比老師上課的碎碎唸來得悅耳，所以每天才和他在課室的最後一排，將一邊耳筒藏在各自的手心聽歌。

「今天聽甚麼？」

我對流行曲沒甚麼認識。漸漸插班生成為了我們之間的唱片騎師，每天早上都會從歌單挑一首歌，他會熟練地向我解說這是誰填的詞，又是在哪年哪張唱片發行的單曲。然後一整天我們就聽那一首，堅決不換歌。

他說，有種歌你第一遍聽會覺得不怎樣，可是不知為何又播了第二遍，感覺開始有點不同，播第三遍的時候開始覺得瑯瑯上口。然後每聽一遍，就開始聽出了歌詞的意思，每一句歌詞於你而言都好像可以說出一個故事。

他指著耳窩說：「總有一遍你會聽出不同。」

然而歌是不會變的，所以那就意味著是聽歌的人變了。

我默默期待哪天，我也能在像單曲循環一樣的生活聽得出乏味的滋味。

在他插班前，最後一排只有我一個在坐，但自從和他成為鄰座，每天上課用同樣的音樂充斥耳朵，我們就像被整個世界放逐，兩張桌子合起來就是一座孤島。

我曾經沉迷一隻荒島求生遊戲《迷失蔚藍》。主人公隻身流落孤島，學習覓食、製造各種工具捕魚耕作，自給自足。我在開玩不久後就盤算著要拖慢進度，不讓他解鎖逃離的路徑，一輩子

日出而作日入而息。

　　誰知，遊戲中途荒島竟然出現了一個女生。這個女生首先毫不客氣就住進了我辛苦開發的山窟，然後像個廢人般每天瓜分著我找來的糧食，最後遊戲還設定結局走向是兩人一同逃亡，重回城市過活。

　　在遊戲當中我沒有拒絕女生來到孤島的選項。不是因為遊戲劇本，而是人類天性就是怕寂寞。所以即使我打算一輩子一個人過，到有人像從天而降地侵襲我本來的生活，我還是會很誠實地接受，哪怕是誰都好。在遊戲或現實生活，都是同樣。

　　阿草曾經說過，我該像他一樣找樣興趣來沉迷。老是自己一個鬱結，不健康。他就是那個沒過問一聲，就想擅自把我從孤島救走的人。作為在城市生活的正常人，他這種想法也正常不過。

　　但插班生不同。同在孤島的人類，他沒像遊戲的主角一樣想要帶我逃離。反而，他把音樂和自己都留在孤島。

　　插班生叫陳家豪。愛聽陳奕迅愛得誇張的男孩子，也有著一個被濫用得誇張的名字。那時我只是在想，大概每人身邊都會有一個叫家豪的朋友。但後來就知道，不是誰的身邊都能有一個家豪。

「課室最後的兩人沒完沒了的談了半堂到底說完沒有別以為坐到最後一排老師就瞎掉了好不好？」班主任按捺不住連珠砲發破口

大罵。

　　陳家豪被嚇得整個人抖了一抖，還心虛的趕緊摘下耳筒。我倒是沒所謂，反正因為欠交功課或答不上問題或純粹不喜歡我等原因，我每天都至少被點名罵一遍。或者是我一臉的不在乎惹怒了班主任，又或者是成年人們都一直看我不順眼。

「下課後兩人都給我留堂。」

　　沒所謂吧，反正我今天下課沒事幹。

　　今天下課。

　　媽的。

　　嘆嘆──

　　它還在。

中午過後天色驟變，陰沉了半天終於憋出一場大雨。

課室內的學生提不起勁上課，旁邊的陳家豪佯作托頭聽歌，我亦如是。歷史課的老師大概也到了有相當歷史的年齡，瞇著眼依書直說，幾個同學直接倒頭大睡也沒注意到。窗外的雨點絲絲絮絮，聽著竟覺得有點像歷史老師說書。

我從位置上倏然站起，卻被鄰座拉住。

課室太寧靜，說話大聲一點也會被全班聽見。他盡力把口形做得誇張：「你一去一哪一？」

我從椅背揪起違規的純黑色外套，嗖的一聲拉上拉鏈，指向外面的走廊。

之前的下雨天我也做過同樣的事，他也問了同樣的問題。

我告訴他，碰到壞天氣我會想到課室外面看下雨，藉此蹺掉半堂課，就當是給自己透透氣。剛走出開了空調的課室就嗅到熟悉的雨水味，氣溫一下子的驟升讓我在秋天衍生暖和的錯覺。待遲點入冬，那時深深呼出一口氣，整個人就會陷入吞雲吐霧之中。

唔，抽煙大概就是類似的感覺吧。抱著這種青嫩幼稚的遐想，我一直在期待下雨天。

中降頭的那天，也湊巧下著大雨。

◄◄　❚❚　►►

六歲那年，小學同學邀請我們全班參加快餐店生日會。

我和那位同學不相熟，甚至連她叫甚麼名字、長甚麼樣子我都忘記了。只記得我早在好幾個月前已經非常期待可以吃垃圾食物吃到飽的一天。

始料不及的是當天早上颳起大風。暴雨加上即將懸掛的八號風球，我伏在窗前幾乎看不清外面的狀況。

「還要去嗎？」祖母一邊替窗戶貼上皺紋膠紙一邊問道：「我看生日會是取消了。」

倔強是孩子的權利，我眼眶好比窗邊，幾顆雨點欲墜還懸。祖母額上又多了幾道皺紋，只好一邊苦笑，一邊取出氣味難當的橡膠雨靴。

雨勢越來越大，最後根本沒幾個同學應約。算上我也只有四五個小孩，用氣球和彩帶劃分出來的生日會區域頓時顯得太空蕩蕩。坐到一邊的家長和祖母搭訕起來，抱怨外面天氣有多壞。

我挑了一張矮凳，和不相熟的同學坐到一塊。

「生日快樂。」頭髮差不多乾透我才想起要祝賀，和記起自己沒買生日禮物。

「謝謝。」主人翁伸手移正頭上的生日帽，沒表現得很興奮，大概與禮物無關。

穿著制服的派對姐姐賣力地炒熱氣氛，餐廳內的幾個老伯把她盯得好不自然。她明白這是工作的一部分，無可奈何，只得把貼身的制服裙使勁拉長。一瞥放在旁邊的筆記，還有兩個小時而已，很好。接下來是玩遊戲「收買佬」，多玩兩次切個蛋糕拍張照就成了。她心底這樣盤算著。

「收買佬」是個刺激的遊戲，小孩沒有一個不懂得玩。主持人喊出一種物品，參加者要鬥快找到交給主持人，自己身上沒有的話就要去問附近的人借來。

「好啦，小朋友要聽清楚囉。」派對姐姐清清喉嚨，向我們出題：「這次要收買……紅色的鈕扣！」

鈕扣聽起來好像不難找，低頭就是一列。但很多家長為了省卻麻煩，專挑沒鈕扣的衣服和沒鞋帶的鞋來買給孩子。

我和幾個孩子面面相覷，有的已經走向父母。只是紅色的鈕扣不算常見，他們都無功而還。我把視線放到更遠，很快就落到快餐店那些老伯食客身上。

其中一人頂著高禮帽，穿著暗紫色的絨毛西裝，左邊襟袋裝著一隻玩偶。

　　當時沒有覺得在快餐店找到穿禮服的老伯是一件詭異或奇怪的事，襟袋前的紅色鈕扣足以讓我忘記一切該有的常識。我不由分說就離開了生日會區域，直向老人奔去。

「請問，」那個年紀還未學懂怕生保或害羞：「我可以借你這顆鈕扣嗎？」

　　老伯雖然坐著，但仍然要比我高上幾個頭，作為老人這種身型也高佻得太不自然。近距離看，襟袋內的玩偶是木製的，隱約還能從掉漆中推測昔日塗過的顏料。

「不能借。」老人聲音嘶啞，似是被砂紙磨掉聲帶。他這一句說得斬釘截鐵，我都差不多要放棄之際，他又開腔：「但我可以送你。」

　　聽見這話我雙眼大概已經在發光。老人欲把鈕扣給我，又作勢收回。

「不過，要交換。」他的詭笑在小孩眼中都只是一個笑容，沒有分類：「你要換嗎？」

　　我不假思索地答應了。

「你先去贏下這一局，」他輕推我的手，讓我把鈕扣捉得更緊：「我想想要交換甚麼。」

走不了兩步，他又把我喚回來。

「沒甚麼，我只想讓你知道，我這裏還有很多鈕扣可以借。」
「哦。」我雙手捧住紅鈕扣，像得到一顆紅寶石一樣珍而重之。

戴生日帽的女孩很快就留意到，三步併兩步走來問：「你在哪裏找到的？」連聲線也焦急起來。

她今天本來是主角，沒多少同學來祝賀都算了，就連玩遊戲每一局她也是包尾。

我想起了老伯的話，乾脆搖頭。

「就在地上撿來，」我故意指向別的地方：「沒別的了。」

老伯把一切看在眼內，離遠朝我舉起大姆指，咧嘴而笑露出了沿黑邊的牙齒。明明勝出遊戲的是我，怎麼老伯笑得比我還開心。

「謝謝。」歸還鈕扣時我故意不直視他，他目睹我對生日女孩撒謊了。無論說過幾多次謊，被戳破難免覺得彆扭：「這個還給你。」

「不是說了嗎？我不借，也不會收回這顆鈕扣。」老伯的襟袋還懸著一條斷掉的線。他沒多想，指向我身上的同一位置：「我也要這個。」

　可是，我的衣服上根本就沒有襟袋，沒有斷掉的棉線，更沒有鈕扣。

「噗噗、噗噗……」他發出低沉嘀咕的怪聲，機械化得毫不像人。

「我要這個。」他重複著：「噗噗、噗噗……」

　這個的意思，是哪一個？噗噗、噗噗的。

　……

　我懂了。

　他想要的同一位置，是指衣衫以下、皮膚以下，那顆噗噗會跳的紅寶石。

　我像著魔一樣點頭，手中鈕扣似是被喚醒一樣噗噗、噗噗微弱的跳動起來。

　老人伸手，我像讀懂了他心思一樣，順從地交出鈕扣。他把動作放很輕，小心翼翼地將鈕扣放回襟袋，該處隨即也傳來了動靜。

　他憐愛地撫摸著袋中木偶，低吟但我仍然聽得清楚。

　他說：「爸爸終於買到了。」

紅寶石鑲在小木偶殘破的身體上，起屑的木製手腳開始顫動。從那天起，小木偶的聲音就一直依附在我腦海某處，再沒離開過。

　　「收買佬」遊戲的贏家，是他才對。

◀◀　　❚❚　　▶▶

　　十年過去，那場雨早就下完。留堂的我們要打掃走廊，學校沿海而建，走廊和課室一看出去就是海濱，雖然再過幾年大概也會被填掉。

　　我旁邊是悶出一頭大汗的插班生，或許還有沒離開過的小木偶。無論自願與否，我所說過的謊言都會被實現。要不是我被迫騙阿草我今天沒空，我和插班生也不會落得這個下場。小木偶在耍的把戲我永遠讀不懂，只像扯線玩偶一樣任它擺佈。

　　他站得有點累，把掃帚丟到旁邊伸了一個懶腰：「今天的推薦歌，送給和我一同被罰留堂的聽眾。」

　　接著他哼出了一段旋律，平日在沒有 mp3 機的時候他都會直接唱出來。在我聽起來還蠻相似的，但我沒告訴過他，不想讓他沾沾自喜。

「這到底是甚麼歌？」
「講愛情　講友誼　再之後是甚麼
這句詞忘記了　可否繼續唱歌」

　　我不太相信他會忘詞，畢竟他是我所認識的人之中最懂音樂和流行曲的一個。雖然說到底，在學校我根本沒有幾個認識的人。不過要是他記不起來的歌，我也沒可能會懂得。我苦笑聳肩，繼續低頭掃著一塵不染的磚塊，也不肯走遠半步。

　　「這樣吧，以後我每天都選一首陳奕迅的歌介紹給你——你是認真聽才好。」這話一出，我突然覺得他有點像傳教的人。

　　他還說，既然我要跟他聽歌，就要守他的規矩，每天只聽一首歌，單曲循環。

　　「以後我在忘詞的空白，就由你來填上。」

　　其實即使他沒這樣說明，自從成為鄰座，他每天都像唱片騎師般送我一首歌。然而我作為聽眾，付出的只有耳朵。下雨天教會我，這個世界從來沒有「送贈」，只有「交換」。

　　「要交換嗎？」
　　「你說你不聽歌，」這個提議使人摸不著頭腦，但他還是笑著回答：「那有甚麼好交換的。」

　　我低頭思索，定眼在腳上踢髒了的白襪，腦袋放空。

　　歌我是收下了，但不知道有甚麼可作交換。陳家豪一輩子大概也花了不少時間去聽音樂學音樂，才可以對每首歌都瞭如指掌。我默默回想自己平時一整天，以至一生人都把光陰花到哪裏去了。

「我可以說故事。」

　　他投以疑惑的眼神使我有點尷尬，別無他法我只好硬著頭皮說下去。

　　「關於生日會⋯⋯鈕扣⋯⋯木偶。」雨點急速墜下，從天到地只消一眨眼的功夫。看雨看得久，眼開始累便失焦：「還有⋯⋯」

　　「還有甚麼？」他似乎開始感到興趣。

　　「沒有了。」我搖搖頭，還是想把木偶降包裝成一個道聽途說的傳聞：「你要聽嗎？」

　　或者到現在我還不相信，六歲時的一個謊言就此改變我一生。接下來的比喻可能會有點奇怪，但我確實聯想到學校之前邀請了一位愛滋病患者來主持講座。患病多年，他說其實這個病並沒有影響到他很多，無力在沒有辦法消弭它的確存在的事實。無論他多努力去忘記自己患病，每晚睡前服的幾顆藥丸都像清晨擾人的鬧鐘一樣盡責地提醒他。

　　影響的大小毫不重要，問題在於它到底存在與不存在。這個病的存在足以時刻證明他那段不願再提起的過去。

　　我想，謊言於我如是。如果再讓我重來一千次，我想我也會選擇說謊去贏下遊戲。畢竟說一個謊太容易，都不過是說謊而已。

　　這個降頭沒有影響我的生活太多，卻時時刻刻提醒著我不是

一個正常人。正常人只需呼吸吃喝就能生存。我不同,我需要呼吸吃喝和說謊,累多了。

　　就此一局遊戲換來一世謊言,現在一首歌換一個故事。最後這些故事換來了一個男孩子。

　　原來「收買佬」的遊戲,一直沒有完局。

「如果你是花，」他慵懶地托著頭：「你猜你會是哪一種？」

「別拿人家的名字開玩笑好嗎。」他知道我一向不喜歡自己的名字。姓王，單字一個花，土氣得我都不敢和別人介紹自己。生壞命也改壞名就是這種吧。

「嘖，」他反噬我一口：「你不是常笑我是『公廁』名？」

「我對花一點也不熟悉，」我翻找我所懂得的詞彙：「玫瑰、鬱金香……向日葵？」

「櫻花。」他突然插嘴。

　　櫻花花期很短，開花到凋零只有十天左右光景。每年的三至五月是花季，繁花滿天，地下成了花海。我看他說得陶醉，不禁打斷他：「你有看過？」據我所知，香港才沒那麼漂亮的玩意。

「沒有，」他苦笑表達婉惜：「上次和家人去東京旅行是冬天的事，早就沒了。」

「聽說日本的櫻花最美。」他這樣補充。

　　我沉默片刻，只答我沒出過國。暑假將至，午後的日光越來越放肆。我想像不了花開遍地的春天，也想像不了提著滑雪橇的陳家豪。

「今天聽甚麼？」為了隱藏耳筒電線的我們，只好在炎夏繼續罩上毛衣。他拿著小巧的播放機按來按去，在歌單的某處停下。平

日他總是很有主意，馬上就能決定好今天要循環播放的單曲。

「不如，」他看著屏幕上閃爍的文字，徐徐地道：「今天你先說。」

　　自從我們有著「一首歌換一個故事」的共識後，有時候晚上做了有趣或怪異的夢，甫醒來我會急著抄錄下來，當成是故事和他交換。當然，自從和阿草在一起後我已經很少做惡夢甚至做夢，有時候他也會毫不客氣大呼無聊。我只好到圖書館翻找短篇故事，心情好的話甚至會花點心思，胡謅出一個天馬行空的世界，就像今天。

「我給你選，你想聽一個昏迷者全家都死掉的故事，還是毒男無法投胎的故事？」

　　他沒立即答話，也沒看我。大概這兩個故事於他而言都不吸引。

「那你要聽甚麼？」他不欣賞我的故事難免令人來氣。
「我想聽你和阿草的故事。」

　　這天我們在孤島上談了好久。他讓我先說，因為今天是中四學期的最後一堂課。

◀◀　　❙❙　　▶▶

　　我和阿草一起的日子尚淺，對他還是有很多的不了解。

那時在觀眾席後排遙遙看他，比賽中不多說話，只是一直認真跑動，贏了輸了不哭也不喊，我更是猜不透。不過這半年間，他有很多讓人不明所以的舉動，我像沿著氣味找尋路徑的昆蟲，嗅著嗅著，漸漸猜得出他的想法。

他看起來沒我那般獨來獨往，但數來數去其實只有一起運動的隊友，對話的內容也僅限於練習和比賽。在認識我之前，球隊沒練習的日子他可以一整天不說話。

想到這裏我開始有點懂得，為甚麼他會前來接近觀眾席上毫不起眼的我。就像在自然界中，動物總是能嗅到同類的氣息。你可說這是相濡以沫。說實話，起初我對他的感覺也著實存疑。要知道我連朋友也沒兩個，突然要交男朋友也太大挑戰。直至一次上課又遇著雨天，我才肯定他就是我在千篇一律的生活中，期待已久的缺口。

喜歡看雨可能是藉口，我光是想蹺課而已。伸手沐浴在雨簾之中，探頭望上天空只見一大片烏雲。正當我再把頭伸出一點想讓雨點碰到鼻尖時，霎時瞥到地下操場有不尋常的動靜。

雨越下越大，像一層不停流動的薄紗，隱約看到那個身影好像在射球。多看幾眼，看到我開始覺得那個身影無比熟悉，心頭才記得要一顫。

跑到底層，我待在有瓦頂的地方大聲喊他。不知道是太專注，還是雨下得太大，他還是旁若無人的反覆練習射球。

微蹲，瞄準，投球，撿起，再回到同一條線上準備。

他讓我想起兒時有一個猴子玩具，只要上了鏈條它就會不停地拍打手中的鑼鈸，直至鏈條走完。猴子那張臉笨極了，瞪久了甚至覺得有點詭異。

此刻阿草就像上了鏈條一樣，不斷重複著單一的動作。只是他不笑也不皺眉，雨水打在臉上也沒有眨眼。

我只好冒雨走過去，突如其來的出現拉住了他的鏈條：「你為甚麼會在這裏？」

本來打算原句問題還給他，他又開腔接著說，不讓我有回答的空隙：「你回去吧。」說罷，鏈條就繼續自顧自的、機械式地運行。他不是完美主義者嗎。明明平日不能忍受袖上沾了一點醬油漬，現在淋個渾身濕透也沒有所謂了？我嘗試像往日一樣嗅著他的線索，還是摸不著頭腦。

這時我才想得到，可能那些線索都是他故意留下，想要讓我猜到我才猜中的。在他不想我知道時，我終究還是無法了解這個人。

如果我陪他等到雨都下完，是否就能讀懂他。

逐漸我意識到自己在這段關係中也是一隻上了鏈條的猴子。一邊在撿拾他留給我的線索，一邊在猜度可能根本沒有謎底的謎

題。但鏈條運行了半年，我發現其實我不必苦苦追尋他到底在心裏藏著甚麼。

最後，我在操場旁邊的雜物房拿來了一把傘。我撐著傘重新走到操場中央，再一次打斷了他。只是這次，在他說點甚麼前我就伸手到雨簾中，給他戴上運動外套的帽子。

「你繼續吧，我在這裏待著就好。」

正如我不需明白他在執著甚麼，只要陪他一同執著便可。

要是人也能像相片一樣，將阿草的個人色彩完全顛倒，他的負片就會是陳家豪。從天而降的插班生，為人愛笑也愛開玩笑，和誰都能夠談得上，入學不久已經很受歡迎。但他不是故事的主角，吧。

下課前五分鐘的提示鐘響起，班內幾個頑皮的男生振臂高呼。班主任見這是中四最後一堂，也不打算教書便不多責罵，放任他們在班上搞氣氛。坐在最後一排的我們絲毫沒被感染到。因為城市如何喧鬧，大海如何洶湧，荒島的人仍然如故。

陳家豪清清喉嚨，裝出厚重的腔調：「歡迎來到節目的最後一節，事不宜遲為大家送上今天的推薦歌。」

重新肯定我的航線
這首歌海底唱到天邊　繁花滿天

如果繁花滿天，直覺告訴我那必定是櫻花。

鈴——

「今天的放送完畢，多謝各位聽眾收聽。我們下學年再見。」

放課後眾人都忙著執拾儲物櫃的物品，狀況好比搬家一樣混亂。我的儲物櫃塞滿一堆未完成的工作紙和筆記。反正中四已完，我毫不猶豫就一把丟到垃圾桶。

陳家豪有每天複習的習慣，書本筆記全都安放家中，儲物櫃只有一盒完整十二支的黑色鋼珠筆。

作鄰一年，我很早就注意到他只用這種筆寫字。他絕對是個平易近人的好人，但對於某些事總是抱有莫名其妙的偏執。我在文具舖看過這種筆不便宜，暗忖他一定是這樣才寫得一手秀麗的字。

正想跑去開他玩笑，才發現他旁邊站了一個女生。

我認得她是隔壁精英班的班長，別人都親切地叫她多多。梳著一頭蓬蓬的短髮，兩邊臉頰總是紅通通的。我無意偷聽他們說話，只是在不遠處收拾的我隱約聽見她好像把陳家豪叫了出去，說有話要跟他說。

我說不好奇是假的，但答案當晚就在社交網站傳得沸沸揚揚。

一是，陳家豪來年要轉到精英班。

眾人都表示不意外。他是從地區名校轉過來的，成績屢屢名列前茅。因為今年中途插班，才屈就到我所在的班別。

二是，陳家豪和多多在一起了。

升中五的暑假，一半日子花在球場上看阿草，另一半日子窩在家中看窗外的車和人。不久前我才剛開始習慣去圖書館待上半個下午，為的只是蒐集一些有趣故事來交換，但現在已經沒這個需要了。

阿草不像我，他很早就認清自己的興趣。這種學生理所當然的會考上大學，成為書本中常說那種對社會有用的人；我估計自己畢業後可能會在各處打散工，把現在每天渾渾噩噩的下午延伸至渾渾噩噩的一生。

社會需要一種有用的人，來養活另一種沒用的人。在十六歲的我看來，世界的確是這樣運作，要不然書本為甚麼總是強調我們長大要做有一個有建樹的人。

暑假的無聊就當是給自己提早熟習，反正我的一生都應該如是。翻掀窗簾的一角，好刺眼。本來蔚藍得像電腦桌布的萬里晴空，竟然飄來了一朵烏雲。

叮——

一條未讀訊息。

「歡迎各位收聽，以下是今天的推薦歌。」

他只給出歌名，讓我在網上搜尋。不意外的依然是他愛聽的陳奕迅，意外的是沒了他在旁興致勃勃地解說歌詞，原來我對這

些文字還是一竅不通。

我不是那種習慣傳短訊的典型青少年，手指笨拙地在摺疊式手機上挪動。

「但我沒準備故事。」
「今次，用你的下午來交換怎樣？」

唔。

儘管阿草從不過問我每天日程（因為他假定了我大部分時候都在無所事事），我認為還是應該要和他說一聲。我打電話給他沒人接聽，才想起他參加的棒球隊明天有比賽，以他的性格必定還在自己加操。好像說甚麼晨跑的能讓自己保持最佳狀態。想起他在下雨天的執著，我不經不覺就把電話放下。

直至這刻，我沒有說謊。

◀◀　　❚❚　　▶▶

喔嘟噹嘟。

我們晃進了旺角大型商場的精品店，他才道出把我叫來的原因。

「你想要買甚麼給她？」

「我沒想過哩，」他穿著簡單的深色上衣，襯搭流行的手製皮革項鏈：「就交給你了。」

　　直覺告訴我，皮革飾品是多多送他的。這是我第一次見他不穿校服的樣子，還真看不慣。他想讓我幫忙挑禮物給多多，這樣使我頗為難，因為我和多多根本就算不上朋友。她成績好又受歡迎，男男女女都在她身邊團團轉。每逢生日，社交網站留言版滿滿都是祝福。這種人又怎會願意和我打交道。

「但你好歹是女孩子。」

　　他不知道，女生也有兩種定義。在男生眼中，不會打扮的女生和其貌不揚的女生都算不上女性，歸類為另一種生物。

　　這個回答叫我好難接話。我琴棋書畫一竅不通、沒有一個能說是道非的好圍蜜、對潮流一無所知，就連打扮也提不起勁。就連時下女生喜歡甚麼流行甚麼討厭甚麼，我也不知道。

　　見我久久沒回答，他閑著沒事又在開我玩笑：「即使你是男生的話，也可以幫我挑一份送給女孩的禮物吧。」

「那我就以男生的角度給你挑了。」我承接著他的笑話，以粗豪的聲線自嘲起來。

　　我往放滿布玩偶的櫥窗反方向走，對面正是擺放各種模型的貨架。不同大小的紙盒上盡是一堆我看不明白的日文，於是隨手

給他指了一個軍綠色的機械人模型。

「這個吧。」其實在我看來，每隻機械人都長一模一樣，充其量只有顏色之別。

他先是面有難色，還是把模型盒拿上手。他輕輕把紙盒一搖，裏面傳來嚴實的咚咚聲，零件好像相當多。這很明顯是我故意逗他玩的。像多多這種只愛打扮的女生根本沒可能會看動畫，更加莫說是砌模型。

但他沒待我回答，竟然自顧自的走去付款。

我連忙拉住他，但他只瞥模型一眼，沒有看我：「我倒覺得，很適合。」

我看他是懶得再煩，所以隨便買點甚麼罷了。不過沒關係吧，我不禁想起兩人在社交網站上的合照，光是看笑容也能感覺到她十分幸福。反正只要是他送的，多多都一定喜歡。

有時候我也覺得奇怪，為甚麼我談的戀愛好像和別人有點不同。

就這樣，他提著裝有軍綠色機械人的塑膠袋離開了精品店。從商場回到外面，正午的熱空氣早就被入黑的天色蒸發。遇上了下班的人潮，才發現在那麼大的市區，找兩個位子吃飯也是難事。

「要不我們回去好了。」我這樣說雖然有點掃興,但今天幫忙挑禮物的任務也總算達成。

他四處張望,人潮看似好一陣子也不會散去,我們只好沿路走回地鐵站。

「喲,」拐彎就是地鐵站,他把我喊停:「這裏不是有吃的嗎?」

最後我們提著大包小包,窩在旺角球場觀眾席最高的一列。他剛坐下便竊笑起來,正好讓我聽見。

「有甚麼好笑的?」我伸手往自己臉上亂摸一通,生怕是甚麼時候弄髒了。

「沒別的。」他搖頭,說只是想起在離開中四的課室後,我們這樣又再次成為了鄰座。

「嘖,無聊。」

煎釀三寶隔著紙袋還是燙手,他狼狼地把一塊豆腐塞進口中,卻耐不住燙連連呵出熱氣。這個模樣太滑稽,但我只顧取笑他,手上的竹籤戳不穩,沾滿辣醬的腸粉咻的一聲掉下。

回過神來,腸粉掉在地上了,我白色的衣領卻揩上了辣醬,深紅色的一大抹很顯眼。

「幹。」霎時間我比他更要狼狽。

　　他聽見我罵髒話，更誇張的笑起來。

　　我在阿草面前不說髒話，他常說女孩子不應該這樣。有時一句半句不慎衝口而出，他就會整天板起臉孔。平日已經夠寡言，生氣時甚至半天都不和我說話。

「多多也不說髒話。」陳家豪聽我這樣說，不禁補充。沒記錯的話，這是他第一次向我提起有關多多，甚至戀愛的事。

「她說罵髒話後會喉嚨痛。」我心頭一顫，連忙咽下唾液確認自己的喉嚨是否還好。他續說：「有次我和朋友打遊戲機，幾個小時就罵了上千句髒話。」他說當時多多也在網吧陪他，我不意外。

「接著呢？」

　　他說她整天悶悶不樂，好像心事重重：「最後，她捉住我的手祈禱了。」

　　我眉頭一皺，他接著解釋：「她說希望神讓我死後還能上天堂，好等我們相見。」

　　這時天已經黑透，頭上的繁星比球場的鎂光燈還要耀眼。多多所說的天堂就在那邊吧？

「都涼了。」他這話沒頭沒尾，我還沒搞清楚便遭他一把搶走紙袋：「這個我幫你吃。」

「很辣的——」我連忙叫住他。不知為何我從小至大就嗜辣，我甚至懷疑母親在奶粉摻了辣椒粉。

「我沒告訴你我家鄉在四川啊。」他是用四川話說的，所以內容都是我在瞎猜。

　　無論如何這話都似是挑釁。雖然誰比誰更能吃辣的這種比賽實在太幼稚，我還是把其中一袋小吃遞給他。那間重慶串燒小店是我在一次閒逛時無意發現，自此每次走過附近都會繞路去買。有次買給阿草吃，他吃一口就辣得眼淚直飆，隔了半天還說耳朵在疼。

　　油分滲過了紙袋，他只是緊緊盯住，久久沒有接過。

　　他從背包掏出了樽裝水。

「光是聞到已經要喝水，這也太差勁……」我正想笑他這是示弱的表現，他又從口袋攤開了一張紙巾。

　　這一連串的舉動太不明所以。他擰開樽蓋，將水倒在紙巾上。

「多少也該像個女孩子吧。」他一下子湊近，用沾水的紙巾在我的衣領上用力擦拭。他邊擦邊說，一直在對面看著我，這抹辣醬

真的好礙眼。

「平抹是不行的。看好了，要像這樣……」他用兩隻指尖使勁一捏：
「好像要把甚麼往上捏出來的。」

　我一下子屏住了呼吸。我不是覺得尷尬或甚麼的，純粹是覺
得他湊那麼近，我呼吸的話鼻息會哄到他。

　我想，我們已經算是朋友吧。

　讓他處理之後，污漬果真淺色了許多。

「家務可是我一手包辦的。」他一臉神氣，拍拍胸膛。

　聽見這話，我又成了另一隻嗅到同類氣息的動物。

「你在家裏，也一個人？」我說的一個人，不光是指獨生子。
「才不是，」他一口就否定：「家裏人可多了。」

　由課室來到旺角球場的最後一排，這夜他變成了說故事的人。

　他說一切都是因為父親。我本以為他父親應該是個很好的榜
樣，所以才造就了這樣的他。怎料他說剛好相反，父親脾氣很壞，
母親和姊姊都很怕他。

　從懂事起，母親就不斷灌輸他要成為一個好男人。所以他從

來不會對人鬧脾氣，很會照顧別人，所以他成績一直很好，唸名校，也考上八級鋼琴。他要成為比父親更好的人。

丈夫是她一項錯誤的投資，她用餘下來的半生作賭注，全都押在兒子身上。

也許他也意識到話題有點沉重，只好硬笑一聲帶過。

「待會和你去超市買一盒梳打粉，泡一泡就能去漬了。」

思緒還浸在剛才的對話中，我沒有回話。空氣靜了下來，很快便釀出尷尬。

「喂，」他突然從口袋掏出甚麼：「要聽今天的推薦歌嗎？」
「……」
「隨故事附送的。」

於是他向我遞上一邊耳筒，自己又戴起了另一邊。我們在最高的一列觀眾席俯瞰，球場上還有零零星星的幾個中年人在踢球。這回到我竊笑起來，只是他沒有聽見。

在這裏，我們也是在最後一排聽他挑的推薦歌，不斷單曲循環。

我感覺自己回到了中四課室。有陳奕迅的歌，也有陳家豪。好像將這兩回事拼湊起來，就是我整個學年的回憶。

吃得差不多，他逕自開始把垃圾一一撿拾。我還嚼著最後一口串燒，賴著含糊說：辛苦你了。

在遇上阿草之前，我也有過一段不願回家的時間，從那時開始就不交功課也不溫習。我討厭家門後永遠都是漆黑一片，誰也不在。那時我在想，大概待我長大後就會釋懷。但後來我在學會釋懷前更先學會了習慣。

這夜在球場聽完陳家豪說他的事，我頓時明白到，原來從來沒有誰比誰更能吃辣或吃苦。

他聽見我說話沒抬頭，但我感覺垂頭下是一抹微笑。我肯定他是聽得見，而且全盤收下了。

「那我走這邊。」

我們在地鐵月台分別。他一手捧著軍綠色機械人，一邊向我揮手。

「在學校見。」
「開學見。」

鑰匙笨拙地解開門鎖，時鐘孤獨地搖曳到十時多。無論在甚麼時候回來，家門後面都只是一個黑色的盒子。

我沒有打開大燈，而是拉開窗簾。就像古人鑿壁，我在這裏

偷街邊的光。

在小時候我就發現了一件趣事。在這種狀態望向天花板，從倒影中會見到街上有車駛過，好像看皮影戲一樣。漆黑中看街上的倒影是我兒時最大的娛樂。雖然家裏很黑，至少街上有光。

倏然，身旁一束光芒穿透了影像，幻想中的皮影戲劇場瞬間破滅。

「到家就告訴我一聲吧。衣服那邊，記得用梳打粉泡十五分鐘再拿去洗。」

「累了的話不用回覆，晚安。」

都這麼晚了，難得身邊還有一點光。

心底空缺　被那點雪白蓋掩

◀◀　❚❚　▶▶

阿草的棒球比賽贏了。比賽過後球隊放假，難得不用練習便和我去吃飯。

「所以⋯⋯三振然後呢？」我皺著眉頭，光是聽著已經吃力。

聽說這次晉級就是決賽。我不曉得這是不是很厲害，因為他

一年幾場比賽，都是跑來跑去就贏了，我都不懂有甚麼分別。

　　阿草聽罷一笑，雖是在笑我的笨拙，但他在贏下比賽的日子就特別容易笑。這樣一看，我覺得他好像又黝黑了不少。

　　他在講述昨天的比賽，我聽得一頭霧水：「我知道你打籃球是後衛，但你在棒球隊到底是投手還是打者？」

　　他終於也放棄解說昨天峰迴路轉的反勝。柳橙汁喝光了，他決定換個話題。

「你呢，」他攪動玻璃杯的冰塊，隨口寒暄：「昨天有去哪嗎？」

　　小木偶，你在嗎？

「花？」這是阿草的聲音，不是小木偶。明明它總是喜歡在這些時候出現讓我說謊的，跑到哪裏去了？

「你怎麼了？」阿草沒察覺到甚麼不對勁，他純粹覺得我又在發呆。

　　但這道問題，我始終無法支吾以對敷衍過去。

「沒有，」我小心翼翼地回答，說謊就好比運送易碎品，稍一不慎就糟糕了：「就在家裏呆了一整天。」

阿草不以為然，點點頭，問我還要不要多點一杯飲料。

好。我輕聲回答，靜靜捧著手中半杯早冷掉的花茶。

回到家中，我把晾在窗外的衣衫收回來。白色的衣領潔白如新。

花見

這是我第一次主動對他説謊。沒有任何人迫使，我還是選擇撒謊了。但這也未算最可怕。最可怕的，是我説「沒有和陳家豪外出」的這個謊言同樣被實現了。

回家看到衣領潔白如新已經覺得不太對勁。我在短訊試探過陳家豪，他説昨天的確有約我，但我不留下原因就臨時爽約，説到這裏他還説自己有點生氣。於是他在當天獨自外出，去了同一家精品店。左看右拿還是拿不定主意，便打電話給我。我讓他買了同一款模型，他也照辦了。查看手機的通話紀錄，亦多出一段由陳家豪致電，長達二十分鐘的通話紀錄。

我的確沒有外出，我説自己一整天都在家也是真的，所以我沒對任何人説謊。

我沒有説謊。

◀◀　❚❚　▶▶

新學期開始，基本上中四都是原班升上中五，除了插班生陳家豪被調到多多所在的精英班。就如他去年插班一樣出其不意。開學以後，我幾乎沒怎麼見過陳家豪。雖然精英班的課室就在隔壁，但一個年級動輒也有一百幾十人。不刻意的話又怎會遇見。要知道，緣分或多或少都是人為的。

在旺角球場那一晚，他給我講了他家裏的故事。我常將自己的孤僻怪罪於家庭與我的疏離，放任我一人生活。反觀陳家豪的

家庭背景也不見得相當美滿，但在學校從沒有人會疏遠他，來校短短一年已經交到不少朋友。

我們到底有甚麼不一樣。

但自從我知道他過得沒別人看得那麼好，我也嗅到了那種屬於同類的氣息。同時又因為我對阿草說謊了。我故意撒謊來隱瞞外出的事，降頭讓這個謊言實現了。

木偶降能實現所有謊言，卻偏偏讓撒謊者記得事實原貌。不知用意為何，但肯定小木偶它是有心讓說謊者成為世上最後一個保留真相的人。

即使事實可以改寫，但人的記憶不行。記住了真相，也就是記住了自己在說謊。騙過了自己還好，但從我口中說出的謊言不會被忘記，也不會被拆穿。它們成了最無堅不摧的包袱，要我一生背負。

每天打開衣櫃，見到那件從未被玷污的純白衣服，我告訴自己我和阿草的關係亦如是。在陳家豪記憶中，我們那天並沒有出外過。隨著升班，關係亦止步於舊鄰座。我仍然坐在課室最後一排。沒了鄰座，也沒了他愛聽的陳奕迅，孤島又回復到原始狀態。不同的，是他留下了痕跡。

他插班的一年下來，我也習慣了在課上聽音樂。但我對流行曲的認識全來自他，所以我在手機的歌單也全是他推薦過的陳奕

迅。我望向窗外陽光普照，怎麼不下雨呢。如果他還在，不知道會點一首怎樣的歌。我閉上眼睛，隨意在一首歌停下，幻想這是他挑的。

我已經沿著他留下的足印走，一步不偏，只是走了好久還沒見到他。今天我說個甚麼故事好呢。關於遺憾和貓的怎麼樣？

到再次有機會和他好好說話，已經是中五學年的秋季旅行。

◀◀　▌▌　▶▶

早上活動的確無聊，就是跟著導師走進山叢，聽一些好像離我很遠的樹木保育知識。中午自由活動阿草跟籃球隊去練習，我班上的人三五成群的去找樂子。其實這樣還好，最難堪的時刻不過是解散一刻，四周驅散只剩我一個不知何去何從。只要挺過這刻就能遠離人群，躲回宿舍房間就能像平日在家一樣，孤獨而富安全感。

寂寞本身並不存在。正如世界其實只有「光」而沒有「暗」，因為所謂的暗只是沒有光。寂寞只是在熱鬧襯托之下的負面感覺，而這種對比是成反比的。外面的世界越是普世歡騰，在孤島的我就顯得越寂寞。注意，我只是被「顯得」寂寞。我本身是沒有任何感覺的，都怪歡笑聲太有感染力，感染了所有人而唯獨我被遺下。

基於世界越快樂我就越寂寞的原則，晚上又是難捱的時刻。

幾個不幸的女生被分配和我同房，她們自然是不願意。誰叫她們是三人組，而宿舍只有四人房。感覺有點像小時候玩「糖黐豆」，眼前只剩一個油頭垢面的死胖子，你寧願輸也死不會抱他一樣。

為免變得更令人討厭，趁她們一起去洗手間的時候我便逕自溜出房間。

我不是那種有社交障礙（我猜不是）、不懂看人眉頭眼額的人，至少我還識相。難得和朋友去宿營，晚上也想一群女生窩在被裏聊到夜深。畢竟來到中五能夠胡鬧的時光已經不多，而我似乎已經明白並接受了這種青春回憶不是每一個人都能擁有。反正我不睏，待在一群不相熟的人之中也很不自在。我打算一個人在營區逛逛，逛到她們差不多都睡了才回去。和人打交道固然困難，但對我來說不被討厭也已經夠難。

還好家裏習慣不開燈，讓我不怎麼怕黑。離遠望向營區操場，射燈強得相當刺眼。電子時鐘說現在不過是十時許。我絕對不會走向球場或康樂館之類的場所。一來是應該早已上鎖，二來是那些地方極有可能設有閉路電視。被逮到要回去也算了，最要命的是那些襲向我的奇異目光，光想想已經夠難受。

我小心翼翼地往室內場館的反方向走，走不了幾步竟然回到了今早聽林木保育的那條山徑。始終山道沒大路那般明亮，我不是怕黑，只是怕叢林有蛇或甚麼的。還好溜出來的時候把手機也帶上了，開啟閃光燈充當電筒就易走得多。

黃昏時候下過一場過雲雨，我看雨看得很過癮。但那場雨令山路的泥濘變得濕潤，走不了幾步球鞋已經沾滿泥巴，每一步都黏黏答答的。仔細感受，好像有股拉力正想把你拉下山。我想那股力量其實不過是懶惰。

　　沿著今早導師帶我們走過的路，一個人走的時間過得比較慢。明明早上走的時候只消個多小時已經到頂，怎麼現在還沒到山腰？

　　肯定是森林帶來的錯覺。

　　想到這裏，我不禁心底一寒。

　　之前為了搜羅故事，在網上看了不少關於日本樹林吃人的傳說。現在沒有說的對象，這些故事好的壞的都只能滯留在腦海，無法使用也無法刪除，光在這裏佔空間。沒辦法下我只好折返，但走不了兩步，一想起這個人就來氣。

　　他給我留下了喜歡聽陳奕迅的癮子、喜歡故事的習慣，卻忘了把自己留下來。好不負責任。

「不登頂嗎？」

　　電話燈光直接照向聲音來源，他額上的汗珠好比海上粼粼的波光。

「這麼巧。」我不能說這是緣分，因為這回事並不存在。即使存

在也不會來眷顧我這種人。

更何況「天下就沒有偶然。那不過是化了妝的、戴了面具下的必然。」這是我在一本叫《圍城》的書上讀過。

共識不知從何而來，我們繼續往上走。我的手機電量剩下不多。還好他把背包帶上了，有飲料也有手電筒，四周頓時光亮多了。

「我在宿舍外面已經見到你，」他邊走邊說，有點喘氣：「看你鬼鬼祟祟就尾隨你了。」早就說，緣分都是人為的玩意。但讓我驚喜的是，竟然也會誤打誤撞灑在我身上。

「哦。」一下子不知如何反應。後來回想對著久別的朋友，我這個答案實在差勁。

我說森林的確會帶來幻覺。明明剛才花了個多小時才走到山腰，和他一同登到山峰都不過是凌晨一時許。

登頂的時候，連我也走得汗流浹背。累壞的他二話不說就坐在雜草叢生的崖邊，我也跟著坐下。兩腳懸垂，下面就是深不見底的峭壁。凹凸不平的岩石地面坐得不太舒服，早知道就不穿運動短褲。

「要聽歌嗎？」他倏然開腔。我暗自慶幸他首先打開了話匣子，不然氣氛肯定會僵結起來。

再次接過他的耳筒，這種感覺好不真實。自從他到了鄰班，我每天上課仍然幻想他在旁，給我挑今天的推薦歌。怎料此時此刻，他確實就在身邊。這不是幻象，咫尺之遙我能感覺到他有溫度。

「還好我跟你來了。」
「怎麼這樣說？」

他沒回答，向我抬抬下頷，仰望上空。耳筒繼續播放，這首歌的背景音樂只有淡淡的結他聲。眼見四野無人，聽得我覺得歌聲也有些許回音。

今天的推薦歌，選得真對。

一個人失眠　全世界失眠
無辜的街燈　守候明天

我住在高密度住宅區，街外從早到晚都燈火通明。對上一次看星是在常識教科書。還好今晚我出來走走。他也是睡不著，所以才會離開宿舍嗎？

幸福的失眠
只是因為害怕閉上眼

「是要許願嗎？」剛問出口我就後悔了。因為下一秒我就意識到，許願的是流星才對。

他忍住竊笑，打開背包取出紙筆。仔細一看，那張是我們出營前要提交的工作紙。

「怎麼了，精英班學生想起明天要交功課嗎？」與其說這是取笑，我心底更知道這是在宣洩他把我留在孤島的不滿。

他輕笑，隨即將工作紙撕成一半。我看得傻眼，他又把紙撕得更細，再給我其中一塊。

「先寫下，」他再把筆遞給我，當然是他一貫所用的黑色鋼珠筆：「我們埋在這裏，待有流星走過就能實現了。」

這是真的嗎？

其實許願甚麼的，我也只是隨口說說，並沒想過認真的。但既然走到這麼高，隨便寫一下也無妨。

我們寫好以後沒有詢問對方寫了甚麼。許願者都迷信，說出口就不靈光。

他又從背包取來了自己的塑膠食物盒，拍掉吃剩的餅乾碎屑，就將我們的紙屑放進去。只是中午下過雨，濕潤的泥土比較難翻鬆。花了很久，半透明的食物盒成了時間囊，保管好我們漫無邊際的願望，潛到荒土以下沉沉睡去。

「這棵樹，還會越長越高吧。」我輕輕撫摸樹幹的坑紋，覺得細

紋是它想説的話。

他聳肩表示不知道：「或者它聽過我們的願望後，會長出櫻花。」

陳家豪喜歡櫻花，我記得他説過日本的櫻花最美。

原本乾掉的汗水再度沾濕他額前的頭髮，使髮型看起來好糟糕。他一口氣喝掉了半瓶能量飲料，才頓時想起禮貌上該留一點給我。

「謝謝。」其實我也渴死了，喝上半口就嗆住。一咳就不小心弄到白色運動服，很顯眼一片橙色水漬，就像在旺角球場那時一樣狼狽。

讓他再次看見我出洋相，我在及後回想才頓覺難堪。不過當下一刻只記得他教過我，拿紙巾沾清水，要往上捏才抹得乾淨。不知為何那幕仍然歷歷在目。

其實也不僅於這個小秘方，還有每首他推薦過的歌，以至每句隨口説過動聽的詞，都像灶頭頑固的污漬一樣難以除掉。望著泥濘上的雙雙足印，我也疑惑為甚麼他走過的每一步都那麼深。

「回家以後用點梳打粉浸泡就好了吧。」我一邊清理一邊自顧自地説，卻忽略了在旁的他。

「你，」他一臉狐疑，當中難免夾雜詫異：「為甚麼會知道？」

「沒有，」我連忙搖頭：「你在學校告訴我的。」
「我有嗎？」他繼續窮追不捨，堅信自己的記憶不可能出錯。

　　很叫人納悶的是我總不能直接告訴他：對呀，我就是個中了降頭的人。久不久就會有人迫我說謊，騙完人以後謊言還會篡改事實。他肯定會以為我是個中二病的瘋子。

「對了，你要不要聽故事？」這個故事說在小巷盡頭有一家關於遺憾的店，天黑營業，天亮打烊。店內只有一個男人和一隻貓。

　　他每次給我一首歌，我告訴他一個故事。我對於這種「交換」頗堅持，因為這是我們之間的習慣。沒有第三個人知道，也沒有第三個人能仿傚。

「好，」他把背包搭在肩上，霍地站了起來：「我們邊下山邊說。」

　　故事說到店舖主人離開，剩下店舖和貓，我們就回到宿舍了。還好天沒完全亮透，竄回去也比較容易。我們在各自的樓層分別，他只簡單揮揮手，便轉身往樓梯走。

　　可能因為我們作鄰的時候朝夕相見。現在闊別又談不上幾句話，難免有點意猶未盡。不過具體來說，我又沒想到甚麼要非和他說不可。或者換過來想，是我覺得他應該有些話要和我說，卻一直沒等到。

很奇怪的是，腦海好像總會把有他的片段自動複製幾千個備份，沒問准我就播放起來。像極了他帶來的壞習慣，循環播放，一想就是一整天。

回到房間，涼透的空調使我毫無睏意。我在上格床翻來覆去，三個同房的女生睡得正酣。

叮——

我連忙用枕頭壓住手機。她們翻了半個身，險些就被吵醒。要是這樣無疑會更令人討厭。

一條未讀訊息。

「大叔離開舖頭的一晚，花貓大概也會失眠。晚安。」

被晚安過的我夢到了日本櫻花，失眠就留給貓。

他像一場過雲雨，來了一會又離開，久別過後又回來。當我再次收到他的推薦歌和晚安，是在宿營後幾星期的事。

他和多多分手了。

要不是在洗手間聽見幾個消息靈通的女生在討論到底是誰甩掉誰，還有兩人誰會較先找到新戀情的話，我想我永遠也不會得知他的近況。畢竟我們只是舊鄰座，升班後再也沒有任何可以搭話的因由和藉口。每當聽到身邊的情侶分手，心底難免一怵，擔心甚麼時候會輪著我和阿草；同時又在慶幸身邊的人離離合合，他都沒有離開過。

那時候 MSN 還未沒落，我感覺在 MSN 找他比短訊好，可能我只是在上線聯絡人中湊巧見到他，也湊巧找他聊兩句而已，比起短訊是沒那麼刻意。我讓鼠標走到他的名字上又滑開。反反覆覆，還是點進去。

都不過是説句話罷。

「在嗎？」點擊，發送。

還沒等到他回覆我就開始忐忑。這句開場白很不濟嗎，還是説我太唐突了？

過了半分鐘，聊天室還是只有由我發出的一句，於是我決定還是多加一句表明來意：「我只是想問，你還好嗎。」

「有甚麼不好？」

　　他終於回覆，可是我沒法從文字讀出他的語氣。我明明在關心他，這句回答讓我感覺他在對這種問候嗤之以鼻。

「我沒聽過，分手的人那麼快就好起來的。」

　　把訊息傳出去的一刻我又後悔了。要是 MSN 有撤回訊息的功能該多好。即使他表現得多沒關係，我也好像不該這樣直接。難怪我總是生人勿近，也別再怪罪降頭了。

「你怎知道我不會。」語氣仍然疏離，我猜他不怎麼想繼續這個話題。

「那你又怎知道我不知道。」這已經是極無營養的意氣之爭。
「我只知道，你肯定不知道明天有小測吧。」
「……你有題目嗎？」

　　剛傳送出去，我連忙更正：「不——你有答案嗎？」

　　不知不覺，我們隔著螢幕像在鄰桌一樣談天說地。他繼續揶揄我的數學不濟，我硬撐說自己故事看得多，至少作文寫得比他好。

「這邊好無聊。我懷疑每個人聽課時眼也不眨。」他談起了自己在精英班的事，我無意中發現了他打字好快。

「無聊？你知道嗎，上星期歷史老師講課時自己也打瞌睡了。」
我不懂得打字，家裏也沒手寫板，於是我用著最原始且愚蠢的方
法。對，就是在字典打英文，一個一個字的偷取它的中文解釋慢
慢複製貼過去。有那麼一刻我覺得自己像綁匪，在報章芸芸字海
找一個合用的字，再剪貼出一封恐嚇信。可是有時因為英語太差，
只得再費心思去想怎樣以我少得可憐的英語詞彙來表達想說的話。

　　顯然我輸入得比他慢很多，途中我好怕他會等得不耐煩。慶
幸的是他沒有下線，耐心地等著我用十分鐘才能回上一句。

　　我們像隔了一片海洋的老朋友，互相交換著近況，事實上我
們中間只隔了一堵牆。比如說他最近買了新遊戲機，卡關卡得快
要放棄；又比如說我受他影響買下了陳奕迅的新專輯。這可是我
第一次進唱片舖，還不知道可以戴著大耳機試聽。

「差點忘了，還好沒過十二點——好，今天的推薦歌是……」

　　歌播完了，我的故事也艱難地說到尾聲，睏意在提醒我們話
題差不多要終結。這個時候，我總是有意無意地期待著他的一句
晚安。別人下線前都愛草草回覆「88」，這種敷衍的縮寫竟然也
成了潮流而盛行起來。但他不同，他會說「晚安」。文字不是數字，
有一筆一劃的溫度。

　　有研究說，同一件事要做二十一遍才會變成習慣。他只對我
說過兩次晚安，一次在旺角球場後（雖然最後是被我的謊言蓋過，
但我的確知道有發生過），另一次在宿營登山後。只有兩次，但

在沒有晚安的晚上，我怎麼已經有點習慣不來。

不知道是不是心理影響了生理，聽過晚安的晚上真的更酣。

⏪　⏸　⏩

在那次聊天以後，烏雲又從我頭上飄走。即使在走廊上碰面，也是在擦肩而過前僅僅來得及揮揮手。

中四因為有陳家豪作鄰座，偶爾指導或幫我作弊，成績的確好了一陣子。今年期中考，和上年成績相比好像是一落千丈，但事實上這才是我真實的能力。阿草每次逮到我在 MSN 上線都會在嘮叨，問我怎麼不把時間花在學習上。

阿草就是一個這樣的人，我知道這種成熟並非發自內心，而是他裝出來的。一年前他前來接近我，知道我的背景後，有一種對我多加關懷的感覺。我們正式在一起，也是在他得知我一個人生活後的事。

我暗暗知道他覺得我好可憐。阿草出生於典型的小康家庭，父親有一份穩當的職業，母親是全職主婦，還有個和他一樣喜歡運動的哥哥。有好幾個時刻我也能感覺到，他其實在以一種哥哥的心態來看顧我，就像他是如何長大一樣。我是獨生的，童年當中父母所佔的戲分亦不多。成長於我而言就是一齣艱難的獨腳戲。

在認識我之前，他根本想像不到原來有人會如此孤獨而能活

下來。所以他才會想把自己一直所感受的關顧複製，一分不差的帶給我。

他的表白是想要把我當成家人，而非情人。

細水長流的關係聽起來很讓人羨慕，但那時候我們都不過是高中生，還未到會喜歡喝清粥的年紀。作為一個十七歲的女生，還是想談戀愛多於談婚論嫁。

在不能玩電腦的晚上，我早早躺在床上。智能手機還沒興起的時候，手機最常用功能就只有打電話和傳訊息。遇著不同電訊台的人更加要算著字數，再三檢查不會因超出字數限制而被多收了錢才發出訊息。

訊息很像書信。不會顯示上線、下線時間，也沒有「輸入中」的先進功能。傳出一封訊息就像寄出一封信。不知道他甚麼時候會拆開，也不知道他甚麼時候會回信。看著時間一分一秒過去，每次打開電話屏幕還是只有時間。這份煎熬跟「輸入中」的忐忑也不遑多讓。電話公司還在小心翼翼地算著你傳了多少個同台不同台的訊息，在月尾收到電話帳單時總會大吃一驚。可笑的是我們都會為了一個人，即使付上昂貴的電話費也甘心跟他一個傳，一個回的，渡過了無數個明明很睏卻在失眠的晚上。

叮——

電話微弱的震動把在夢鄉邊緣徘徊不定的我喚回來。

「現在時間：晚上十時三十六分。接下來為大家送上今天的推薦歌……」

　　那片烏雲，又毫無預警的帶來一場過雲雨。

「電腦壞了？我看你最近都不上線。」
「電腦沒壞，是阿草的腦子壞了。」不用多解釋，他也猜到一二。

「你快樂嗎？」
「……你說甚麼？」

「這一刻的你快樂嗎？」
「很難說。感覺是很複雜的一回事，我總不能一概而論。」這時我很慶幸自己為了給他說故事而看了好多小說，讓我可以這樣抄錄出來。即使拾人齒慧也至少帥了一下：「那你呢，你快樂嗎？」

「我很快樂。」
「就這樣單純的快樂？」

「是的。」

　　我很好奇到底是甚麼讓他經常笑，明明我就知道，他並沒人前所看的過得那麼好。但我不敢追問。如果這是他的面具，我更不敢說穿。因為我知道裝作快樂有多難。

　　我打算換個話題。

「我在圖書館借了一本書，說了好多關於『花見』的事。」他說過日本春天的櫻花好看，入冬後我還記住。

　　「花見」是賞花的日文漢字，日本人相信樹上住有神明，賞花之時會準備酒餚作貢。每年只有兩個月能看到櫻花，很多人慕名前去。可惜花期很短，遲了或早了一天都是緣慳。於是日本很多網站都會爭相預測來年花期，可想而知他們對待「花見」這回事有多認真。

「真想去一遍，」他說，一生人去一遍也好。

　　我在書中看了許多櫻花的相片。不知道櫻花的花瓣有多輕，才能被吹得漫天飛舞。看久了，我甚至開始不怎麼討厭自己的名字。我以為只有女生愛收花，對於一個男生來說，花卉又有著甚麼吸引力？我想到自己由討厭花至喜歡也想不明白。

　　字數遞減意味著對話的終結，這晚大概又要睡不好。

「快睡吧，上學別老是遲到。」
「胡說，我每天都是剛好達陣。」

「早上沒事幹的話去一趟圖書館，給我找個好看的故事。你今天選的那個爛透了。」
「……是我自己寫的。」
「……不和你鬧了，明天記住給我找故事，晚安。」

　　生活這回事很奇怪，有人一起生活就更奇怪。我和阿草每天都會一起走同一條路回學校，看著路旁的大樹由綠葉變成枯枝，再重新長出嫩芽。

「昨晚刮大風，看它都被吹歪了。」

　　每天走著一樣的路，說著相同或不同的話題。如果那段路是我這輩子走得最多的一條路，那麼他就成了我這輩子牽著走得最遠的人。

　　他的沉默琢磨成細心，總能留意到身邊的瑣碎事怎麼改變。例如是小路旁的欄杆被重新上油漆，又或者是今天在報紙檔看店的伯伯變成了他的妻子。

「你『摩擦力』真的這麼強？」我不禁讚歎。
「只是你老把腦袋留在家，不留意身邊發生的事。」

　　其實比起留意路旁的改變，我更想看著你慢慢變老。

　　鄰座不再是陳家豪，我在中五的新班房還是被編到孤島之上。沒關係的，我有他留下的音樂作伴。只是有時過分沉溺於藏在手心的耳筒內，被盯上了也不在意。尤其在我一竅不通的數學課，答不上問題就要被使喚去做跑腿。可幸的是我並不抗拒，幫老師走上頂樓的教員室拿東西就能耗掉半堂，正合我意。

　　只是這次，我是被使喚去鄰班借粉筆。

　　我在精英班門牌前躊躇了好久。首先這裏的人一向瞧不起我們，在他們眼中，我們普通班的都是弱能兒童；其次是我這樣進去打擾課堂，肯定會惹來全班注視。而我最不願意，就是讓他看見我。

　　叩叩。

　　老師你好，我是來借粉筆的。

　　這個班房的空調比較冷，空氣也比較安靜。雖說我不想自己太引人注目，但對身在精英班的他還是有一點好奇。我裝作望向課室後方的壁報，終於瞥到他的身影。高個子的他還是被安排坐在最後一排，只是那裏不再是孤島。

　　他的鄰座是一個文靜女生，一頭及腰長髮順滑得發亮。我認得她是彈鋼琴的，校長屢次在早會嘉許她又在某個比賽贏得冠軍，為校爭光。加上她本人行為舉止、一言一行都優雅至極。從我這裏看，她活像一個貴族似的。

　　喜歡音樂的女生應該和他很合得來。她掀了幾頁書，和他說了幾句話，然後掩著嘴溫文含蓄的笑起來。他們到底在談些甚麼？她會像我抄襲他的功課嗎，她的數學也和我一樣不濟嗎，她也會和我一樣，被陳家豪感染到喜歡陳奕迅嗎？

　　借到了粉筆，我故意拖慢腳步離去，以為多望幾眼就能望出兩人的關係。

陳家豪只是看我一眼，接著又繼續一手托著頭掩飾耳筒，一手抄筆記。老實説，我有暗暗想過這次突如其來的出現會為他帶來一點點驚喜，但原來於他而言，只值一個看熱鬧的眼波。雖然説到最後，我不過是曾經和他很談得來的舊鄰座。要不是我們同在孤島一年，説不定這種人根本不會看我一眼。

我把粉筆帶回課室，放下時還不慎摔壞了兩支。反正心情比起碎掉的粉筆也好不了多少。

噗噗、噗噗。

⋯⋯？

噗噗。

這種聲音我聽了十年，它喚我的時候不是這樣。這不是小木偶讓我説謊。

望回課室正前方的黑板，那只是老師在拍粉擦的聲音。她還在碎碎唸埋怨我拿回來的粉筆太碎，寫不了。是我太敏感，以為小木偶又讓我説謊。

可是既然它有讓我實現謊言的能力，這個降頭雖算不上是祝福，或者我也能善用這個詛咒。畢竟這十年來我一直不覺得自己完全被它操控，我們的關係某程度來説也是平等。既然謊言都可以成真，那麼我説謊不就行了？

只是，抱歉我要利用一下坐我前方的男同學，還有那個鋼琴女生。

坐我前方的男同學長得很像《櫻桃小丸子》裏面的賓治同學（搜尋一下你肯定知道我在說誰）；簡單來說，就是一個長得相當抱歉的男生。他心儀那個鋼琴女生已經不是甚麼秘密，他甚至為了她，這個歲數才去學鋼琴。大夥兒知道後只管當是茶餘飯後的一則笑話。

「喂。」我拍拍賓治同學的肩膀，他半信半疑的轉過頭來。這都難怪他起疑。這兩年我一直坐在他後面，也沒和他說過半句除了「謝謝」或「借借」以外的話。

「剛才到鄰班，我看到那個女生現在和誰一起坐。」為了讓他中下圈套，我還煞有介事地補充：「你知道後，可能不會太開心。」

「是誰？到底她在和誰坐？」賓治同學果然跟著我設下的路軌走：「男班長嗎？是不是他？我早就知道……上星期我跟蹤她下課，才見到他們在交通燈前說了五句話。」

先別管他是不是一個變態，他問著這種問題正中下懷。

「對呀，就是他。」我也佩服自己撒謊得如此純熟：「他們坐在一起，還坐得挺近來聊天。」差點就連我自己也騙過了。只是苦了賓治同學，得知這個噩耗後像靈魂出竅，在洗手間冷靜了半天還不肯開門。

我要對賓治同學説聲抱歉，因為我所説的謊言都會實現。現在，鋼琴女生的鄰座應該換成了男班長。説不定被我這樣撮合，兩人真的能走在一起。但這些又與我何干，謊言的主角又不是他們。

不過我還是好奇，既然鋼琴女生不再和他一起坐，現在陳家豪的鄰座又會是誰？是個男生就好了。再不然的話，一個人回到孤島也好。這種想法很幼稚，但我自問是個不錯的鄰座，所以坐他旁邊的人應該是我。

小息鈴響，我帶上借來的粉筆借故再去鄰班一趟。明明是小息，但精英班沒一個人離開座位，大家都留在原位看書的看書，寫功課的寫功課。他仍然托著頭在聽歌，她仍然在掀琴譜。

位置沒變，他們仍然坐在一起。

他們仍然在一起。

小木偶你給我出來。

心急如焚的我躲進了洗手間，內心亂得發麻。失效了，怎麼可能會失效。這不可能，這個可是依附我身十年有餘的降頭。之前和陳家豪外出，我為了騙阿草也是主動撒謊，小木偶也把那個謊言實現了，所以陳家豪才不記得我們在旺角球場談到夜深，也不記得自己為我擦過衣服的污漬。

這次為甚麼不可以？不都是謊言罷。小木偶仍然沒有出現，我差點要把在腦內的吶喊釋放至咽喉。

少來這套了，你以為沒人想過嗎？

小木偶打過一個呵欠後，終於以一副不在乎的聲音出現，然而答案更叫我動氣。

這個根本不是謊言。

與其說是動氣，不如說其實是心底冷了半截。即使我有一種讓人非常矛盾的降頭在身，但並不代表這是萬能。世上有一種人從不說謊，誠實的人在這個世界生存異常地吃力和困難；但能夠說謊，也不代表無所不能。

撒謊以達到我們想要的目的，這是我們生而為人的一種求生本能。

小木偶說，謊言的定義是我存心去欺騙一個人，讓他相信與事實相反的事情的確發生。可是這次不同，我是為了讓某些事情發生，很努力去製造一個謊言。

他說，謊言不是這樣的。你要很努力去掩飾，拚了命都想讓人相信它是現實的，那些才是謊言。說過以後會讓你無盡悔疚，自責和僥倖之間翻滾不斷的，才是謊言。

為了說謊而生的謊言只能算是玩笑。小木偶以這一句結束點評。

因此，它沒有實現我為了讓陳家豪調位的謊言。靜下來一想，其實也對。要是這樣也算的話，中降者只需把「願望」故意包裝成「謊言」，基本上就能擁有全世界，比《多啦A夢》的任何一個法寶都要厲害，但在謊言盛放的花園沒有許願樹。

既然無力改變一切，就睡一會吧。反正我早就習慣想要的都不會得到，漸漸我已經沒有再想要得到甚麼的慾望。是他很突然的來了，又更突然的走了，才讓我多出一點不該有的渴求。回到課室，賓治同學才帶著紅透的眼眶回來。雖然和他不熟稔，但我心底像鞋內攝了小石子一樣不舒服。

原來，所有謊言自身都必然帶著傷害。

我沒有 mp3 播放機，他離開後我只用手機聽歌。我從抽屜掏出手機，想換首歌換個心情。然後對自己說，是時候要戒掉單曲循環的惡習。才剛低頭，卻驟見那片烏雲。

一則未讀訊息。

不是小木偶，他才是那個喜歡出其不意的人。

過雲雨說來便來，讓你毫無防備的淋得渾身濕透，留下難受的重感冒後說走就走。那天突然出現的推薦歌，我記得不太清楚，

只記得從那天起，我也像其他同學一樣加入了低頭傳短訊的行列。當天我為了想讓他從鋼琴女生旁邊調走，撒謊騙了賓治同學。最後謊言沒有被實現，但隔了一堵牆的他還是像往年一樣，他每天挑一首歌，我每天說一個故事。

直至我得了想要的，才開始衷心對賓治同學感到抱歉，也頓覺謊言的可怕。

這樣的日子過了好一段時間。即使在不用上課的日子，我和他也會偶爾一來一往的，渡過不管是繁忙或是悠閒的假日。曾聽說快樂總有代價，尤其是那張令我每傳一個短訊都在膽顫心驚的電話費帳單。思前想後，我決定還是買一張和他同台的儲值卡比較划算。

我打開了用來儲零錢的小熊盒子，五塊十塊，湊夠一百元便跑到便利店買一張橘子台的電話卡。我拿著儲值卡，自詡聰明暗幸在上年問過他是哪個電話台。

甫回到家，我急不及待的拔掉自己原來的電話卡。後來才想到這樣的話，除了他就沒人找到我。那時候，小木偶已經好久沒出現。不知為何，當時我卻萌生撒這一個謊的念頭。反正又不是沒騙過他。

「我是阿花，這個號碼是用來跟不同台的人傳短訊。以後就在這裏聊吧。」

大概是遲鈍的我也意識到作為一個朋友，自己好像多做了一點。為了不要那麼著跡，我還是在強調著「不是為了你而買的」的意思。為了他多買一個號碼已經夠笨了，還要為了掩飾而多撒一個謊，我面對鏡子也險些抬不起頭。他不過是一個舊鄰座，一個很會聽流行曲的人。

　　而他傳來的回覆，隨即令這份彆扭全消。

「可是我早就轉到你的台啦，哈哈！」

　　我分不清楚笨的到底是我還是他。

二零一零年，冬。

大清早寒氣逼人，昨晚下的大雨絲毫沒有要減弱的跡象。明明還是早上，天色卻陰沉得像末日氛圍。冬天還會下這麼大雨實在罕見。

班房有三十九人，我數過了，三十人都在打瞌睡，八個人直接伏在桌上倒頭大睡，剩下的一個就是我。授課的老師也懶得說甚麼，反正多捱幾小時大家都能吃午飯。每隔幾分鐘從抽屜傳來的小震動是我沒有睡著的原因。

「又多一個人沒撐住，直接倒在桌上了。」多虧和他每天傳短訊，我在手機打字的速度已經快得多。

「小測要開始了，待會再談。」但他的回覆每每來得更快。精英班的教程和我們不同，隔不了幾天便聽到他又要忙著小測和補課。

我把手機放回抽屜。他沒空和我聊，心神只好投向窗外。

今天是下雨天。

沒記錯的話，這是入冬以來第一場雨。打了一個哆嗦，我披上黑色外套就溜出課室。

和夏天相比，冬天下雨的日子少得多。一踏足門外便嗅到久違的雨水味，雖然潮濕天氣令走廊的地下濕漉漉的，亦無礙欣賞

雨景的雅興。我把雙手插在口袋中，想再走出一點。

「喂，真的不怕被濺濕嗎？」

　　我下意識望向聲音傳來的方向，詫異地問：「你不是在小測嗎？」

「那人可是我，不消一會就做好啦。」他沒有走過來，也沒看過來，只保持著距離和我說話：「要不是我做得快點，以前怎樣還夠時間讓你抄襲。」

　　觸碰回憶的一刻，突然湧現想再靠近他一點的衝動。

「不要走過來。」他低下頭，嚴厲的把我叫停。

　　我尷尬得說不出話來，連忙把邁出的步伐收回。他這是在……拒絕我？

　　看穿了我的腦腴，他仍然沒有看過來。

　　望著天空，他的語氣也隨著雲朵軟化：「要是你再走過一點，我班的人就會知道我在跟你說話了。」

　　我小心翼翼地回頭望向他身後。在這個角度來看，他班上的人要是看這邊窗戶，只會以為他在走廊望著雨空乘涼，而我班的人也以為只有我一人在走廊。所以他跟我說話的時候也從來沒有

直視我，這樣誰也不會知道我們在談話。我一如既往地佩服他的機靈。明明作為人類，我們都只有一顆腦袋，他為何會比我聰明那麼多。

「但是，你為甚麼會出來走廊？」話說回來，我才想起要問他這個問題。他不像我，從來不會在課上偷蹓出來。

　　他依舊把眼光放在遠處，我想知道他到底在看雨後的海或是雨上的雲。

「因為這是入冬後第一場雨。」

　　聽見他說出了我也知道的說話，一下子反應不來。他今天說話的語氣淡得像窗上的霧靄，朦朧又曖昧：「這場雨，我等很久了。」

「等？」我從來不知道他和我一樣喜歡看雨：「你在等甚——」
「我要回去啦。」沒待我問完他就轉身，指向腕錶：「要交卷了。」就這樣把我留在原地，直至雨終於下完。

◄◄　❚❚　►►

　　不用上學的日子他總是比我早起床。所以久而久之，我習慣一睜開眼睛就會收到他早早傳給我的短訊。我和阿草甚少在週末約會。他星期六總是忙著棒球隊訓練，星期天風雨不改都是家庭日。我從未有過如此規律的生活，也不曉得這是不是一件好事情。

自我和陳家豪每天通訊，我和阿草見面的時間也絲毫沒有減少，只是我感覺和他距離好像遠了一點。或者只是陳家豪的出現，才讓我知道原來我從來沒有靠近過他。

這種感覺讓我有點不舒服，在家裏悶著半天，我打算去他訓練的地方給他驚喜。只是陰差陽錯，他早就約好家人在附近吃晚飯，驚喜落空的我只好作罷。就此打道回府好像會很笨，難得來了九龍，我就乾脆去尖沙咀再坐船回港島，繞個大圈好像反而來得有意義。而且我還沒想好今天要說的故事，走遠一點說不定就能看到些有趣的事物。

海水熏得地板潮濕，我又想起在走廊巧遇他的下雨天。

「天星碼頭有街頭演唱，不知道會不會唱陳奕迅。」寫下，傳送。

街頭演唱的藝人樣子很路人，但聲音很悅耳。我停下來聽他唱了好幾首廣東歌也不認識，因為唱片騎師陳家豪只給過我聽陳奕迅的歌。

不消一會，他傳來了回覆：「你怎麼會在天星碼頭？」

我不願意如實回答是被阿草爽約才獨個兒遊蕩的。當然這種程度也用不著說謊，岔開話題蒙混過去就好了。在旁的一對情侶聽得投入，男生趁間隔跑到歌手旁邊，說想給女生點一首《幸福摩天輪》。

叮——

「我想説，我也在附近和舊同學見面。」

　　我不知道他這樣説是甚麼意思。他從來沒有告訴過我今天會和舊同學聚會，我更不會知道他們聚會的地點。他該不會覺得我是故意跟來吧？

　　叮——

「你不急著回家的話，待會我過來一下。」

　　他來到的時候，街頭藝人已經蹲在結他盒前點算寥寥無幾的硬幣，收起一塊皺巴巴、寫有自己名字的紙牌。十一月中旬，晚上氣溫驟降至十一、二度。他披上了大衣，身軀看起來添了不少分量。

　　他來晚了，連説幾聲抱歉：「臨走前他們嚷著要拍大合照，都怪女同學拍了十幾張都不滿意。」他口説抱歉心底卻在不停抱怨，不是説這張顯她太矮就是那張顯她太胖。我搖搖頭，説不好意思的是我才對，跟他説有街頭演唱，怎料來到已經結束了。

「不要緊，」他從大衣的口袋想要掏出甚麼：「有這個都一樣。」他的 mp3 播放器還是隨身攜帶，右邊的耳筒還是屬於我。

　　街頭藝人離開後我們沒逗留，就在附近漫無目地找路來走。

我們不多說話，只在踱步和聽歌，也不做第三件事。播放器繼續
播放街頭藝人沒唱完的歌，他說自己聽了那麼多陳奕迅，覺得就
數這一首最浪漫圓滿。幸不幸福我們不得而知，只知在多年後，
碼頭彼岸真的建了一座摩天輪。

「在摩天輪最接近天空的一刻許願，會被實現嗎？」

　　他在笑我脫口而出的無聊話，嬉鬧我別貪心，我們還有在宿
營山上的許願囊未應驗。那天晚上我們在山頂俯瞰營地，要是同
坐摩天輪也是類似的視角。

　　我們中四一整年都在鄰座，但離開課室和他並肩而行才發現
他比我要高得多。他本來就比同齡男生要高，所以才會被安排坐
到課室最後一排，和荒島的我遇上。

　　結果我們在碼頭的海旁散步，一起繞了好多個圈，就像耳筒
裏的歌一樣不停單曲循環，直至我們第十四次回到了鐘樓之下。

「你知道嗎，」他突然開腔：「尖沙咀鐘樓的鐘其實慢了兩分鐘。」

　　兩雙腳步在鐘樓停下，我這刻才覺得腿有點痠。對他說的話
我還是半信半疑：「你從哪聽來的？」

「不信的話，你抬頭看看。」

　　就依他所說，我仰頭去看高聳的時鐘。抬頭一刻，目光突如

其來被一個黑影完全遮蓋，只剩下鼻息、溫度、周邊的光暈，和急速得幾近停頓的心跳。

一下子反應不來，我瞥到時鐘顯示十一時正。

時間不快不慢，剛剛好。

他啊，也撒謊了。

然後這刻，我意識到自己應該要閉上眼。十一時正，自此值得我們記住。

彷彿遊戲之中　忘掉輕重

花見

小息時同學請摘下耳筒。
長時間單曲循環有損聽覺。

　　每人都會有寧死不說的秘密。可能算不上很多，但至少會有一個。這個秘密嚴重到你甚至不敢想像被人揭穿的一天。要是有這麼一日，你會寧願和這件事一起躺進棺材。其實所謂的撒謊和騙人，歸根究底都是想要守護某個秘密。

　　說穿了，所謂秘密就是你最大的恐懼。

　　以前我並沒有很多秘密。是的，我說過很多謊騙過很多人，但我所說的謊言都會成真，沒有被拆穿的可能。一點都沒有。

　　可是我喜歡他，我們牽手、擁抱、每晚聊天，這些都不是謊言。它們是真的。只有是千真萬確的事實，才會怕被人揭穿。因為來到那一刻，我們連丁點藉口都沒有。

　　自此，我們互相成為了對方最大的秘密。再與降頭無關。我撒謊、騙人，都是為了守護他。

◀◀　　⏸　　▶▶

　　在鄰座的時候我就注意到，他一戴上耳筒就會發呆，與世隔絕後只剩下旋律和歌詞帶給他的無窮想像。我常常這樣問他都只得到一個似是而非的笑容。

　　「到底你在想甚麼？」他成績好，課上教過的都能一字不漏地記住。我懷疑他的腦袋大得漫無邊際，好想知道他在想甚麼。

「在想你。」

我不習慣聽這些話，但他說難得現在終於可以宣諸於口，就讓他說一遍。

「一遍就好。」而我總是喜歡討價還價。
「好，」他乾脆地答應：「每天一遍。」

自從在鐘樓一天，他路過我班房的次數好像比以前更多。我們總會隔著半個課室交換一個眼神，然後低頭各自竊笑，好像真的能從這個眼神讀出甚麼。

這天我們約好，放學後一小時在鄰街的便利店等。我要打發時間，本應想躲到球場觀眾席的最後一排去，但今天籃球隊有課後訓練，阿草也會在場。

今天不行，我故意往球場的反方向走。至少今天是我和他約會的日子，不應該去見阿草。

碰面後，我們還是乘了好久的車故意回到鐘樓。抵達尖沙咀區已是傍晚，下班的人流絡繹不絕，人群中兩個穿別區校服的人特別顯眼。他把我帶來這裏除了因為有特別意義，更大的原因是貪這裏夠遠。我懂他的心思一向慎密，卻不懂他的想法。

既然他意識到遠離學校約會才安全，那代表他同樣意識到阿草的存在，也意識到我們見面是一件需要隱瞞的事。到底他是怎

樣看待我和我們的關係，就像通識科的評分準則一樣難懂。

我不常來九龍區，全程都讓他領路。我們來到一條小街，要過馬路但沒有交通燈。過路的人都駕輕就熟，左瞧右瞥的就乾脆踏出去，車輛有默契的讓路。這邊的車和人都比我住的地方要多，整個過程還是看得我有點擔心他會被撞。

「我們玩個遊戲。」他無時無刻總是有很多主意，只是大多都是無聊的。

「甚麼遊戲？」我隨口一問。其實無論他在說甚麼傻話，我都會附和。

「信任遊戲。」他隨即又問：「你信我嗎？」

遊戲這個詞語來得輕鬆，信任這配詞卻很沉重。這四個字放在一起，天秤都不知該往哪擺。

「信的話就閉上眼，讓我帶你過馬路。」

市區的車風馳電掣，一輛輛看似很貴的車飛快掠過。突然感覺時間變慢，我看到自己沒束好的髮絲隨塵拂起，再慢慢墜下。

和以前一樣，他耳筒的右邊仍然歸我；不同的是，今天起他的右手也歸我。

　　走過鐘樓時他總不忘問我是不是慢了兩分鐘，我們輕輕一笑，回味當天寒風刺骨的溫存。海邊潮濕的水泥地讓我再次想起下雨天的走廊。「那個下雨天你明明在小測，為甚麼會溜出來？」這個問題我一直很在意。因為那天他明顯有話要說，到中途卻因為要回去交卷而不說下去。情況好比你在圖書館借了一本推理小說，追看到最後一章才驚覺拆解真相的一頁被人撕掉了，心裏一直隱隱發癢。

　　他說，鐘樓下的話他早就決定要說出口。只是我們不再同班，很難找到獨處的時間。唯一的機會就是下雨天。

「每次下雨，你都會出來走廊。」這是作鄰一年他學會的事。自此他每天都望向窗外，別人在期待晴天，他卻盼著甚麼時候能下一場大雨。

　　誰知天意弄人，待了好久也沒下出雨來。所以等到了入冬後的第一場雨，他和我一樣興奮。

「所以，你還是沒有說出口。」我追問他要是那天雨能下得久一點，他會和我說甚麼。他用笑容掩飾腼腆，害羞的一面很難得。他不再回答，只給我遞來播放機的右邊耳筒。

「想說你知　整個地球上
無人可使我更想奔向」

　　現在回想，從以前開始他給我挑的每一首歌好像都有意思。

反而我說的故事都沒甚麼特別的。他聽罷一笑，沒再說點甚麼。我們之間的空氣安靜下來，只剩下他今天所挑的歌。在這個位置回頭就是鐘樓，還是我們坐在一起的時光過得最慢，不只慢了兩分鐘。

多麼感激竟然有一雙我倆

◀◀　　▐▌　　▶▶

橘黃的燈光灑在海平面，黃昏帶來的錯覺使我以為連船塢也在緩緩挪動。

他輕輕的問，你們在一起多久了。問題沉重，每個字更要小心輕放。我屈指一算，誠實作答是中四開學後的十二月，現在快要一年。聽畢他暗自竊笑，低聲說，贏了。

「甚麼贏了？」
「那我們呢，」他沒回答，反問我：「我們是在甚麼時候認識的？」

我記得很清楚是九月，開學後三星期才插班的轉校生。他笑說，自己比阿草更早喜歡我，所以他贏了。我白他一眼，知道這只是在氣氛渲染下的玩笑話：「要是這樣，你又為甚麼會和多多在一起？」

學期末得知他們突如其來的走在一起，他又突如其來的離開了我們班。這兩件事來之突然讓我至今始終不能忘懷。

「因為你也和阿草在一起了。」

　　或者他是贏在起點，只是輸在終點。但他自嘲說，最後繞過另一條跑道，還是反敗為勝了。我實在笑不出來。

「你還喜歡她？」我這樣問。他搖頭，堅定說不。
「那你喜歡他？」

　　我不想說謊，點頭稱是。

「也喜歡我？」

　　我也不想說謊，繼續點頭。

　　這個問題好比小時候被問你喜歡爸媽哪一個比較多。我知道兩者不能相提並論，但我只想帶出這個問題為我帶來的窘迫。唯獨對著他，我不想說謊。

「那麼，」他咬咬唇：「你想和誰在一起？」他問出這道問題也是坦白至極。

　　嘆嘆。

　　對著這個他，我無論如何也不想說謊。

　　告訴他。

這十年來，每次我想抵抗小木偶都像在和它角力。我用一分力去反抗，它就會用多一分力來迫使我。每次歇斯底里的表明不想説謊，它的力量就越強大。這種現象使我每次都無力以對，只好順從。但這次不一樣。

告訴他。

這次我不想説謊。不光是這一次。因為他，對著阿草我已經説過很多次謊。和家豪在一起的以後，我再也不想騙人了。

生日會上，你答應過一輩子都會遵守我們的交易。你答應過的。來，就告訴他。

……到底你想我告訴他甚麼？

告訴他：【我兩個都喜歡，所以兩個都要。】

説謊的人死後要吞一千根針，我知道。但不説謊的話同樣要死。苟且偷生也是求生的一種。

　　小木偶要我跟陳家豪說，我兩個都要在一起。陳家豪開心見誠道出問題，只想得到答案，好讓大家不再拖拉，怎料卻得出這樣一個答案。

「兩個……都要？」我能理解他在困惑中想要得到確認。

　　小木偶讓我更堅定的回答，是的。

　　他聽罷只是苦笑點頭，說明白了。

「我們就一直這樣子吧。」他說沒關係，他陪姊姊逛街也是這樣的。她看上一條洋裝裙，黑色白色都想要。糾結良久，最後還是兩條一併買下。陳家豪說他知道女生都是這樣的，沒關係。姊姊有份穩定的工作，有錢就把喜歡的都拿下。

　　太多的感情無處可放，大概也算是一種本錢。

　　說罷他便從一直倚著的欄杆起來，說送我回家。太晚回去的話，他怕阿草會起疑心。

　　逢星期二和五，放學後籃球隊都有練習。陳家豪在星期二會上補習班，我會在附近等他下課，再一起慢慢走回家。踏入十二月，校服早就換上冬季，路邊櫥窗都陸續掛上聖誕裝飾。

「今年平安夜，我們一起過吧。」我從擦得透亮的玻璃觀看我倆的倒影，漫不經心的說。他好像有點吃驚，想說點甚麼最後還是

吞回去，爽快的答應我了。我知道他要説甚麼。因為我也想起上年聖誕節，我是和阿草過的。大概我也只能分他一個平安夜，他也理解。

如果我夠敏感，早一點讀出每首歌的潛台詞，這個故事大概可以省掉好幾萬字。

可惜世界沒有如果，只有因果。到底是今生的我欠了阿草，還是上世他欠過我。

每一次接近陳家豪都必須鬼鬼崇崇。聊天都是錯事，約會就像犯罪。我們費上很大的氣力，小心翼翼地保護這個屬於我們的秘密。自從和多多分手，他在社交網站的感情狀況一直是單身。對於其他人而言，陳家豪還是未能從與多多的一段關係裏恢復過來。

每天星期二他和我散步回家，他離開後，掌心還殘餘他的溫度。獨處時討厭自己的情感更為強烈難捺。從小父母就不常在家，大多時間只有我。我討厭過他們，也討厭過世界。一邊唾罵蒼天，一邊祈求祂賜一個人來陪陪我。現在他給我雙倍的關愛，卻讓我百倍討厭自己。

我討厭自己在那次撒謊後，真的兩個人都喜歡。更討厭自己不能夠決斷點和其中一人斷絕來往。

最討厭自己還是敵不過木偶降，一次又一次地存心欺騙最在

乎的人。最有趣的是有時我又會分裂出另一個人格為自己開脫，說其實我都不過是個人，我都會怕死。

要是不屈服於降頭的話就要死，我想知道到最後還會有多少人能忠誠地覲見上帝。

成長過程一直形單隻影，難得有人靠近，我更不想讓謊言嚇退他們。我再也不想說謊，但我沒有選擇。小木偶他一直都在。

◀◀　　▮▮　　▶▶

十二月二十四日。所有人的平安夜，也是我和陳家豪的聖誕節。我為他織了一條圍巾，米白色的。織得好醜，也因為毛線不夠所以顯得很短，根本都不夠在脖子繞一圈。但他好喜歡，還是把它掛在頸上。我們還是遠離學校所在的港島區，隨便挑了一間餐館吃火鍋。我們點了一個麻辣湯底，一個清湯，醬油要「走青」。

阿草完全不吃辣，青蔥、芫荽等等也一概不吃。我們交往的一年下來，他的習慣我一項一項陸續記在心裏，幾乎變了一種意識。只是記得太深，我忘了眼前的人不是他。

陳家豪的心思比我細密，我知道他看得出來。但他的細心總是很大，大得可以包容我的不慎。他只是笑著，默默將食物全部放進辣湯。我沒那麼笨，當然分得清眼前的人是阿草還是家豪，但潛意識是很笨的，它會以為阿草討厭的東西家豪也不會喜歡。

一個人的心就算有多細，都只能付給一個人。但陳家豪不同，他的細心除了容得下我的多心，還容得下阿草。當初他不敢說他喜歡，只讓歌詞替他說話。現在他也不敢說不開心，唯有透過右邊的耳筒傳遞給我。

「這個世界最壞罪名　叫太易動情　但我喜歡這罪名」

寒風出其不意劃過，又吹掉了樹上苟延殘喘的枯葉。他說過櫻花凋落的時候，很乾脆。多虧他說了好多櫻花的事，才讓我也開始喜歡花。

「長大後，一起去日本看櫻花吧。」我這樣說。他聽罷似乎有點愕然。

「花見之時，我們就公告世界。」

讓這個秘密不再成為我們的恐懼。

◀◀　❚❚　▶▶

十二月二十五日，電話在早上七點就響起來。這是日曆說的聖誕節。

電話裏頭的人是陳家豪，他說要成為第一個和我說聖誕快樂的人。

「這樣有夠早吧？」說罷，他從電話裏頭打了一個呵欠。我睡眼惺忪往話筒說，你太遲了，昨天已經是我們的聖誕節。

他明顯在偷笑，還約定以後的節日我們都要早一天慶祝。我沒睡醒，迷迷糊糊的說好。後來他告訴我，這樣他就可以比阿草更早的和我過每一個節日。

我和阿草約在中午見面，早上還有時間和他聊天。

「你今天有甚麼要做？」我在幾天前已經想要問他今天和誰一起過，只是遲遲沒找到機會開口。畢竟我怕他反問我，或不問我。因為他早就知道我今天會見阿草。

「今天，就和家人一起過呀。」

我總覺得他的語氣有點猶豫。他對我說謊了嗎？想深一層，其實這也不足為奇。我一個人只分他一半，有甚麼資格要求一個完整的他。我縱然明白他，心裏當然也會不舒服。畢竟知道、明白和接受是三件不同的事。

誰都會說謊。我應該比起任何人都要清楚。

他見我久久沒答話，像個傻子一樣不停往話筒裏喊喂。

「那麼你們，」我強忍想要搞破他說謊的衝動，語氣盡量溫和：「要去哪？」

「怎麼了，你不相信我？」我不能解讀他的語氣，是因為被懷疑而生氣了？反被説穿的我心虛起來：「不是。」連忙補充只是好奇心作祟。

我們的關係在鐘樓之下總算是確認了，但這種狀況也太不正常。雖然我在很多年的以後學懂，這種事情這些謊言，其實比比皆是。

他大方得接受我同時被另一個男生佔有，所以當我看到他跟其他女生一起，即使不喜歡不舒服也不能説點甚麼。我知道關係上兩人並不能劃上完全的等號，但至少也該放於同一條方程式中。

我們的關係一直處於這個不對稱的天秤之上，在當中又彷彿有種微妙的定律悄悄運作。任誰輕輕一碰就會打碎，化成一縷輕煙。

所以我們不説也不問，以為就不在意。

我一直不願意直接問他在聖誕正日約了誰，因為我在他面前老是擺出一副不太在乎的姿態。也許我就是這樣來維持我們之間那個不對等的天秤。

「哦，我知道了。」他突然拍案大喊，害我半刻得了耳鳴：「你以為我約了小寶吧？」小寶是他的鄰座，也是賓治同學心儀的那個鋼琴女生。

「我討厭你說她的名字。」誰叫她媽給她取了這麼一個親暱的名字。他隔著話筒大笑起來，說原來我一直很介意她。我堅決否認，直至下午他傳來和家人在踏單車的相片，我才沒有再衝著他生悶氣。

我們都在極其小心翼翼地，保持天秤不對等的平衡。哪怕它明天就垮掉，至少今天我們在如履薄冰當中也擁有過對方的溫度。

◀◀　　▐▐　　▶▶

我認識阿草這麼久，這是他第一次沒早到。

「你打扮了。」我笑說。平日無論在校外校內，他只穿運動裝。今天罕有地塗起髮蠟，身上不再是運動風衣而是熨過的襯衫，他也不再穿累贅的籃球鞋，換上和他一點也不搭的牛津鞋。

「沒有，」他被我誇得不好意思：「因為我們好像很久沒約會。」

「因為你練習很忙。」這話帶點抱怨的語氣，卻完全忘記自己在他練習的時間和誰見面去了。

「對不起。」他的道歉才叫我記得要對他覺得抱歉。只是我的一句對不起暫時無法說出口。他低下頭，憂冷的臉上帶幾分愁緒。他一張臉總是平靜，像張白紙般難以找出一絲情緒。不管是第一次牽我的手，或是我們第一次吵架。我很少見他笑，除了在頒獎台上。我更加沒見過他哭，哪管是在球場上受傷摔得骨折。

　　此刻仔細凝視著他，不難找出傷感的皺紋。我在自責和惆悵的邊緣中翻滾不停，靈魂早已不知飄去哪兒。我為他戴上另一條同樣織得好醜的圍巾，笑著說聖誕節快樂。我驚訝也詫異自己現在連說謊都做得那麼自然，背叛最親近的人仍然覺得幸福。先是討厭鏡中的自己，現在更多的是覺得可怕。圍巾可以織兩條，但人總不能一分為二。

　　我很認真地思索過和他們的關係。雖然和家豪一起的日子很快樂，但我知道他不會是和我走一輩子的人。無聊的時候我會在想，究竟和家豪會是怎樣分手，這種關係又能持續多久。不過我卻從來沒有料到跟阿草分手的一天。一種是過眼雲煙，一種是細水長流。煙比水好看，但誰都知何者更難留住。

　　要是我晚幾年才遇到家豪，可能我成熟夠就會乾脆地拒絕他。誰叫鐘樓的時間分秒不差。我們在太對的時間遇上對方，才做出了錯到極點的事。

　　阿草把我送回家後，陳家豪像感應到一樣立刻就打電話過來。我故意等了好一段時間才拿出背包內的手機。因為我不想弄得好像阿草剛離開我身邊，下一秒就去找家豪，可能我笨得以為這樣做的話就能減低這份內疚。陳家豪甚少會主動致電給我，因為怕我和阿草在一起的時候會見到，所以他每次都會先在短訊確認我是否一個人。

　　這次來電得如此突然，我趕緊接聽，生怕他會出了甚麼事。

「還好趕得及。」他說話沒頭沒尾，有時還真讓人動氣：「現在是十一時四十五分，我們還來得及在聖誕節正日獨處十五分鐘。」

在這個特別的節日，他也不外求只想要十五分鐘。

「我不是個好女孩，是不是？」撒過那麼多次謊，我難得說得如此坦白。

「於他而言可能是，」他說：「但在我面前，你不需要好。如果你在他面前不夠好，他可能會不喜歡。不過無論你在我面前是甚麼模樣，我還是這一個樣。」還是那一個流落荒島，也會放棄逃出陪我留下來的虛構角色。

「家豪，你上輩子應該是天使吧？」
「或許吧。不過今世當了第三者，恐怕要被趕到地獄了。」

「不會的，」我不禁嚴肅起來，活像要在審判官面前認罪的口吻：「一腳踏兩船的人才該下地獄。」

如果要找一個人為這件事負責的話，怎樣說我才是罪魁禍首。再追溯下去，其實錯的人是下降頭的小木偶才對。不過到了這刻，我們都不得不承認這份幸福的重量是何其真實，這個責任不容推卸。

他被我認真的語氣哄得大笑起來：「不用那麼入戲吧？還有劇情不合理，怎麼變成我們爭著要到地獄裏生活？重來重來……」

這你還不明白嗎？

有你的地方，才是天堂。

你我像快快樂樂同遊在異境
浪漫到一起惹絕症

回溯上年除夕夜，我和阿草沒有特別見面。我沒記起原因，大概是阿草這種早睡早起的人甚少會在晚上出去玩，除夕倒數這種活動更是不用多想。所以當家豪說想要一起倒數的時候，我很快就答應了。

誰知，今年阿草竟然主動邀約我。

「你……沒空嗎？」他見我面有難色，不禁問道。他很清楚知道我除了他以外根本沒有朋友，父母也多年沒回來跟我過節。可悲的是身邊連一個可以被我利用的人都沒有。

我花了一整個晚上去想如何把這件事包裝得漂亮，婉轉地告訴陳家豪那天不能見面。思前想後，一切尷尬和抱歉都是無可避免。只是當我在咖啡廳如實告知的時候，他的反應出奇地平靜。點頭，呷口熱巧克力，然後繼續寫作業。

「你不生氣？」我按住他的功課，不讓他繼續寫。
「不會，」他換另一隻手壓在我的頭上，故意撥亂留海：「我們說好，每個大節日都會在前一天慶祝嘛。」他一邊說，一邊專心把算式寫完。

「一整天都在學習，你不會很累嗎？」
「不會的，」他吃著咖啡廳過甜的蛋糕，說話含糊：「上學是告訴父母我有在學習，在補習班是我自己在溫習，到自修室是督促你溫習。」

　　打從認識陳家豪開始，我就知道他沒打算在香港升讀大學。以他的成績，要入讀本地的大學不難。只是他說自己從小就渴望離家，去些不熟悉的地方體驗一下。我們剛在一起的時候就談過這個問題，不過他說傳統的父親還是有點猶豫，覺得孩子不看管就會學壞。所以留學的事從很久之前就一直擱置，也不知道會否成事。畢竟未來太多未知之數，我們能偷來相處的時間就不多，只顧眼前而沒空去想太遠。

　　在街上撓著他的時候，走到有鏡子的地方我總是喜歡停下來。他會關切地問是不是累了，要不要找個地方坐下來。我會說，我只是喜歡看我們在一起的樣子。他成績好，受歡迎，從來不缺朋友；而我是在課室被放逐的一個，不懂與人相處，在班上一直是透明人。

　　多得如此優秀的他喜歡我，才讓我覺得自己其實沒那麼差。

　　◀◀　　▮▮　　▶▶

　　十二月三十日雖然不是除夕正日，街上的食肆早已大排長龍。沒有耐性的我不喜歡等待，以致我們遊走半天也沒找到坐下的地方。

　　繞過了旺角球場，很自然會聯想起我們在這裏聊至深夜的一天。那時他還跟多多在一起，讓我來陪他買禮物，促成了我們第一次單獨外出。在這裏我們聊了好久，由他舊校談到家裏，我也由自己六歲談到了十六歲。說不定，我是從那個時候開始喜歡他

的。

可是為了隱瞞阿草，我撒謊了。謊言令那天的約會不復存在，即使我們在當天互生情愫，隨著降頭的魔力家豪對我的感覺打回原形，唯有我記得一清二楚。儘管我和陳家豪現在正式交往，亦只有我會記得這幀片段。但凡是有他在內的回憶，每一秒我都不想再失去。

把心一橫，我把他拉到買街邊小食的地方。我記得當天我們吃過的每一樣零食，也記住了每家一同走過的店舖。把所有吃的買好後，我把他帶到球場觀眾席的最後一排，坐在一年前的同一個位置。

「就像那時一樣。」憶起在課室作鄰而坐的日子，他顯然很快樂。當時他也說了同樣的話，也露出了同一個笑容。我頓時感覺心裏一個缺口被彌補了。即使我早已全盤經歷過，但是有他在場的每一格菲林都同樣可貴。

想那日　初次約會　心驚手震瞻顫
忙裏泄露　各種的醜態像喪屍

「你在這裏等一下，我也去買點吃的回來。」畢竟今天不是當天，即使我如何努力複製，他也不可能表現得完全一樣。但正因為有所不同，才證明這個時刻的獨特。

我一人坐在看台，俯視球場上幾個男生在踢球。他們應該都

是年紀相若的中學生。看他們追著皮球跑來跑去，拚了命的要把球搶到腳下，光是看著都夠累人。不經不覺，他們帶著球和嬉鬧聲離開，只在球場上留下一灘冷掉的汗水。看著他們，不知為何我想起了阿草。

不知道此刻的他在做甚麼呢。如果我想起他，他也會感應到而想起我嗎？查看電話，沒有他找我的短訊。我是否該慶幸他沒問我在哪，所以我也不用對他再說謊？

但不說謊，不代表沒有欺騙。可是欺騙又等於不喜歡嗎？有時候我反而覺得，不喜歡不重視的話，我根本不必多費力氣說謊隱瞞。尋根究柢，喜歡和坦白兩者到底有沒有直接關係，其實我也不太清楚。

我慶幸這些都算不上問題，所以也不需要一個答案。

和上次一樣，他大讚重慶串燒好吃。我買回來的腸粉也一樣沾上太多辣醬，只是這次我有意無意地弄髒衣領，為的只是想讓他再笑我一遍。

「又弄髒了。」他好氣沒氣，取出面紙沾水。我不介意讓他看見我出洋相，能夠找到一個欣然接納甚至喜歡你的缺點的人多難，而他就在這裏。

「下年我們早點訂位，去吃甜品自助餐吧。」我隨口向他提議說：「人家慶祝除夕夜是不是都會吃蛋糕之類的，甜品自助餐？在動

畫看的那些，你知道我在說甚麼嗎⋯⋯」說到一半我就興高彩烈地在空中比劃，畢竟這是第一年有人陪我慶祝除夕夜。

他被我隨意拋出的說話嚇得愣住，然後又擺出一個不明所以的微笑。

「自助餐可能有點難⋯⋯」他擺出一副面有難色的樣子，打開漲鼓鼓的背包：「但蛋糕呢，就不用等到下年了。」

他小心翼翼地敞開拉鍊，取出一個被壓得稍微有點變形的白色紙盒：「我也覺得，除夕夜是應該吃蛋糕慶祝的。」

在那刻，我突然相信我們在一起不是甚麼逆天而行的事。要不然我們怎會看起來如此的不同，同時感覺又會如此的接近。

他把隨盒附送的蠟燭全都插在那小小的蛋糕上，純白的蛋糕一下子變得千瘡百孔。他還不知從哪裏借來了打火機點起火來。我指著他的鼻子放聲大笑：「甚麼啊，誰生日了？」他自己也傻笑起來，說看見有蠟燭，便很順手的點起火，是潛意識驅使的。

笑聲在空氣層疊，在無人的球場迴蕩特別吵耳。

「我這是為你創造了一次許願的機會，快點許願。」

我連忙指出他的不是：「許願靈驗是因為生日，才不是因為點了蠟燭。」

他不忿的反駁：「不是吧？是因為點了蠟燭，所以上天才能聽到許願嘛。」他的說法聽起來好像更有根據，可能僅僅是因為他是陳家豪，說的話比較可信。轉眼間，我們由一同嬉笑變成了互相指摘對方。

「蠟要滴到蛋糕上了。」
「那你快點吹熄！」
「你快點許願然後吹熄啦。」
「我說了今天都不是生日，沒有人會為了許願而點蠟燭的。」
「滴下去了，還不快點——」

最後我們都看不過眼，彎下身一起吹熄蠟燭。

「除夕快樂。」

滑稽的是我們靠近之際，兩副眼鏡也咯哐的一聲碰上了。本能反應讓我們驚呼出聲，然後才暗暗吃痛。他這才抬回落在鼻樑上的鏡架，笑得很靦腆。

待到差不多十一點，我問他我們要到哪裏倒數，他笑說今天都不是別人的除夕夜，到哪裏倒數都不會有人的。所以我們還是去了海旁的鐘樓，因為那裏的時間慢了兩分鐘。我們可以待在一起的日子，哪怕只多兩分鐘都好。

我靜靜地挽著他，看著時間一分一秒的流走。不知道為甚麼，我平日很討厭看到秒針一格一格的在走，它令我覺得我在虛耗光

陰；但有他在旁的時間，不用特別做些甚麼，光看時間流逝也竟然變得是件樂事。

「之前為你在圖書館搜羅故事時，我看過一首詩叫《我想和你虛度時光》。」

「哦？」海風掠過，他替我撥好被吹亂的一撮髮絲。當時我們未交往，我不會想像到會有可以親口轉述於他的一天。我看著他，從腦海抽取默默記下的每一顆字。

「『我想和你互相浪費，一起虛度短的沉默，長的無意義，一起消磨精緻而蒼老的宇宙。』」

然而當我們四目相投，我在他的瞳孔找到了自己。

在他眼中的我就是這個模樣？

也許受氛圍渲染，總覺得和我平日照鏡子有所不同。然而那種不同又是明確且難以筆墨的。我想世間的一切被賦予任何名目前，都是這樣實在、真實，卻不能用上任何詞語形容。

「還有一分鐘。」我和他熱切地期待著十二點的一刻。旁邊空無一人，只有偶爾走過的行人們，不少向我們投下奇怪的目光。我倒是沒所謂，這些目光早就習慣了，只是陳家豪還會有點不好意思。沒關係，他們只會以為這對笨蛋情侶記錯了除夕的日子。

「十、九、」我們很是入戲，在這空蕩蕩的地方，真正旁若無人地倒數：「五、四、三、二、一……」

　　和情人倒數的意義在於，可以給予對方這年的第一個擁抱。

「新年快樂！」

　　旁邊在看海的外國人看到我們「倒數」，也湊熱鬧的歡呼起來，高舉著酒瓶向我們大喊新年快樂。

　　除了我們兩個，會在十二月三十日倒數的人，都一定是喝醉了。

所有人的除夕夜，街上理所當然地人多。阿草問我有沒有地方想要去，我看著比昨日還要擠擁的旺角越感壓迫，說罷又被一個操著普通話、拉行李箱的遊客撞飛。

「不如，來我家裏？」他的家人習慣回鄉過節，這樣一說我才記起上年沒見面，是因為他根本就不在港。

「那今年呢？」我不解問道。
「他們去了，」他說話仍舊平靜，分毫沒有害羞或尷尬的意思：「我想和你過，所以說不跟他們回去。」

我們在一起的時間不算短，我也不是第一次去他家裏玩。不過今次是我和家豪交往之後的第一次到訪。只在兩人獨處的時候我才確切感受到正在被兩個人佔有的齷齪。一想到這裏，我的心就一陣翳悶，很不是味兒，甚至會有想吐出來的感覺。如果這是對多心的人懲罰，也未必太便宜。無論是我偷來的快樂還是帶來的痛苦，都遠遠多於這丁點不適。

他躲在廚房做著簡單的菜，一邊仔細地將每件用具抹拭好，一邊嚷我出去等著，說這裏通風不好，待會油煙很大。離開最為自豪的球場，他委身在狹小的廚房還是一樣滿頭大汗，背影同樣好看。

我有點不好意思：「這些事應該由我做吧。」

他停下手上的工作：「到你搬進這裏以後，天天都由你做。」

「我可是會摔破碟子的。」

「買多點給你摔。」

　　我一直以為只有陳家豪擁有說甜言蜜語的本事。性情開朗的家豪說這些話，我會被他逗得很開懷；不過由阿草說出這話，我才覺得這是一個承諾，而非單純哄你笑的話。

　　晚上十二點，我們沒有到街外倒數，只是在梳化上相擁著看剛下載好的電影，渡過真正的除夕夜。這是一套舊美國電影，講述男主角獲得時間快轉的能力，最後反而錯過生命中種種珍貴時刻。我明白他的苦況，因為我也有著某種受詛咒的能力。曾經以為可以和它共處，甚至能夠利用它，最後只被它弄得人生一塌糊塗。

　　我們不在電影院，但他還是把聲音放得很輕：「你猜，男主角可以和妻子復合嗎？」

　　我沒告訴他結局很爛，因為這齣戲我和家豪已經看過一遍。

　　除夕夜，昨晚我都已經過了一遍。

　　故事尾聲，男主角不敵癌症，在滂沱大雨下倒臥馬路。他用最後一口氣掏出一張餐紙交給前妻。餐紙寫上他們邂逅之時，她問他的一道問題。

「Will you still love me in the morning?」（睡醒後你還會愛

我嗎？）

我問阿草，你會嗎。

他說會。我再問他，如果睡醒後，你看清楚，發現自己根本不再喜歡我，那我們會怎樣。

他說，那我就永遠不睡，就把今天變成永遠。

我想起了一首歌。那首歌本來就相當悲傷，尤其是他讓我聽的。

不如這樣　我們一直擁抱到天亮
如果關懷是種補償　還有甚麼不能原諒

電影播放完畢，我們顧著說話錯過了結局。他讓我一直靠著，手都發麻了也不吭一聲。

「兩點了，」他終於伸了一個懶腰：「你睏的話，可以留下來。」

夜裏很安靜。他住的地方不近鬧市，沒有遊人在深夜嬉戲的聲音。身邊一切的觸覺都變得很敏銳。阿草的手比家豪大半個指節，頭髮要比家豪短幾厘米，鼻息的溫度也比家豪要熱一點。

他早就睡著，只剩我徹夜難眠，但我不敢翻身，怕一動就破壞他的夢寐。至少如果他夢見我，我還是個好人。我不吵醒他。

睡醒以後他把我送回家,我又變回那個喜歡陳家豪的人。

　　那我也不睡著好了。把今晚變成永遠,讓我可以一直都只喜歡你。你可以不相信,但這次,我真的沒說謊。

　　天快亮了　你的心呢　它曾經屬於我的
　　我該走了　你的手呢　有沒有一點點捨不得

　　我忘了自己有覺得睏的一刻,醒來的時候已經是正午。第一次睡醒以後,看到的不光是油漆剝落的天花板。甫睜開眼就看到他,有一種莫名的安全感。

　　他的生活很有規律。習慣很早起床,要做不知道多少組掌上壓,然後攝取不知多少蛋白質和鐵質,之後再做體能。我聽到他的呼喊,矇矓中摸回自己的眼鏡。他頸上搭著毛巾,像是剛跑完步的樣子:「你餓嗎?」我只是搖搖頭,說想快點回家。

　　昨天一整天都跟阿草在一起,根本沒有機會去跟家豪聯絡。他一整天都沒找到我,肯定氣瘋了。打開手機,八個未讀訊息和十多通未接來電,全部都是來自陳家豪。我沒有仔細查看每一個的內容,第一時間打電話給他。

　　道歉的話,還是親口說比較有誠意。

「家豪。」我喊他的名字還是有點心虛。
「你回家了?」他的聲音也明顯沒以前般開朗,這是他第一次沒

笑著接我電話。

　　儘管難以啟齒，但我說過無論如何都不會再對他說謊：「昨天在阿草那邊待得太晚，今早回來了。」

「哦，沒事就好。」說罷，他才擠出一個勉強的微笑。
「會有甚麼事？他又不吃人。」我嘗試說個笑話紓緩氣氛，但明顯不奏效。

　　話筒那頭支吾以對，聲線隨之沉下來：「我怕他會不讓你走。」

　　他竟然天真的以為我是被迫留下。雖然說我不再騙他，但我也不忍心告訴他我是自願在他家裏留下過夜的。如果我說出真相，愛笑的他也會覺得難受嗎？

「家豪，你快樂嗎？」不曉得他有沒有記住，這是很久以前我和阿草吵架，他問過我的一道問題。

　　他思索片刻，便答：「感覺是很複雜的一回事，我總不能一概而論。」那是我當時的答案。今天他一字不差回贈予我。

「但當時的你回答，你是單純的快樂。」

　　他沒有回答，話筒另一邊一遍死寂。

　　我追問道：「是因為我們在一起，所以才令你失去了單純的

快樂？」

「你可以這樣說。」他這話……是甚麼意思？
「我們的關係是罪過，即使快樂又怎可說得上是單純？」他續說。

　　我抿著嘴唇，說精英班的他答錯了。回溯一切的初衷，這不過是單純的喜歡。在道德上我們或許都錯得一塌糊塗，但事實是我們無法抑制體內的情感去喜歡一個人，或不喜歡一個人。我們都不過是會犯錯、會說謊，也會喜歡別人、記恨別人的普通人。

「開心的時候會笑、傷心的時候會哭、害怕的時候會心跳加速……這些都是我們無法控制的生理反應。所以我們遇上，繼而喜歡對方，也不是我們能夠控制的。」

「花，有件事我要告訴你。」他的語氣怪得相當不尋常。我再三追問，他的欲言又止把我氣得快摔破電話。

「你連表白都不怯場，這個世界還有甚麼比『我喜歡你』更難啟齒？」他吞吞吐吐，知道多拖一分鐘就是少了一分鐘。

「我有一個好消息，一個壞消息。」
「壞消息，說。」
「我要走了。」

　　你這也算是一個完整的說話嗎？

「之前不是和你說過留學的事嗎……」

「我記得，怎麼突然談起這個？」

　　　……

「我在十天後就上機了。」

　　倒不如這樣‧我們回到擁抱的現場

　　證明感情總是善良　殘忍的是　人會成長

「如果你想我留下來，」話筒裏頭是好長的沉默：「說一句就可以。」

我已經錯誤地佔有他的現在，決不能再打擾他的未來，而我早就知道他要成長就必須離開。

我想問為甚麼這一切來得這般突然，但說話嚅在咽喉，開始感到呼吸困難。這一刻，流淚好像比呼吸更要優先。

「母親以為我想盡早離開，所以一直暗地說服父親。最後父親託了相熟的人幫我提早處理，他們也想不到以父親的關係，這麼快就辦妥。他們也想我早點過去熟習環境，所以⋯⋯」

我聽著竟然有點生氣：「那太倉促了，機票呢？我們學校下星期的考試呢？住的地方呢？學校取錄了嗎？」到海外升學一般都是要在香港考試，成績通過後才能入讀那邊的高中。那邊看過他在香港的成績，立刻就豁免考試，到那邊循例唸個短期課程追回英文程度就可以。

「這是我活了十多年來第一次，覺得自己沒那麼聰明就好了。」他苦笑自嘲，想要哄我罵他一句自戀也好。

「父母在通知我之前，已經替我在學校辦完退學手續，機票訂好，姊姊也會陪我過去安頓。」母親還說，這是全家給他的新年驚喜。她知道家豪從小就渴望到外國生活，所以替他辦好了一切瑣碎事才告知他。「不過她不知道，自從認識了你以後，我就再也不想

離開了。」他説出這句話的時候，我聽得出他跟我一樣的無奈。

　　我從懷疑，到憤怒，變得無言以對，我知道最後一步就會是接受。再難過的事，到了某天我們都會接受。這種逆來順受是人類的天賦。

「其餘的都可以到了那邊才處理。現在剩下的，就只有一些要親身去辦的手續、收拾行李，和……」

「還有甚麼要做？」
「和跟你道別了。」

　　他説，「再見」就是比「喜歡我」三個字更難開口的一句。

　　對於早已經安排好一切的現實，沒有任何反抗的餘地。

「我們，還有機會再見嗎？」
「有，一定有。不是説好，要去日本看櫻花嗎？」

　　他説的這句話，是我第一次覺得家豪不是在哄我，而是也向我許下承諾。傷心無法量化，但比起昨晚我在阿草家過夜，我覺得在此刻我比他要難受很多。

「那麼，好消息呢？」我突然想起，他説還有一個好消息。
「就是我不用考學校的期中試啦。」

我竟然還抱有一絲希望，奢想他的好消息會是「我説笑罷了！哈哈！」或者「是要走，不過過去熟習一個月就回來。」想到這裏，自己竟然乾乾的笑了起來。

「笨蛋。」我模仿著他一貫的口吻和動作，用力敲自己腦袋。這次痛得眼淚直飆。

「我過去之後，我們寫信好嗎？」他突然提議説。
「寫甚麼信？」
「我喜歡你寫的字。」

　　我沒有告訴過他，我也很喜歡他寫的字。他的中文好，字也清秀，用黑色鋼珠筆寫成的字，字裏行間總讓人感到一種文質彬彬的感覺，很陳家豪。

「況且你打字這麼慢！説不定我們寄信比你用字典輸入法還要快。」

「雖然可能不會像現在一樣頻繁，但我仍然可以每次寄你一首歌詞，你再回我一個故事。」他很清楚，這是我們之間不能被打破的約定。

　　倒數的心情很難熬，我像一個患病的人，每天都在數算著自己還有多少日子。我很想捉緊每一刻與他相處的時間。我沒再戴錶，因為害怕看鐘，只要是沒他在旁的一秒鐘我都覺得是白白浪費。

　　雖然陳家豪已經辦好退學手續，但我還得繼續回校完成考試。這幾天我完全沒有心情複習，更別提應考的時候。得知他要走後的第一次見面，是試後提早放學的中午。一個多月前，他還在旁陪我一起到自修室溫習，始料不及的只是他竟然無法陪我一起考試。

　　這次見面，我們相約學校附近的地鐵站。這無疑是件十分冒險的事，放學時間一定有很多同校的人會經過。不過在時光一分一秒的消逝下，我還是決定冒這個險。那天嚴格來說是我送他到辦手續的地方，算不上是約會。車程沒有很長，我和他故意挑了較遠的路線，希望能夠多見幾面。

　　這是我第一次在放學後見他，而他不是穿著校服的。之前我們第一次放學後約會，也是在別的地鐵站見面。當時看著他迎面而來，我有那麼一刻很幼稚地想過，他可不可以以後都只為我一個人赴會。不過現在我知道，他的人生除了我，還有很多很多的其他。家人、前途、朋友。正如我的人生也不可能只有他。

　　中午的車廂不算人多，我和他倚著座位旁的玻璃門而站。我比自己想像中快接受了這個事實，又或許是它來得太快，我還來不及傷心。第一次和他靠近的時候，感覺很陌生。這是一個陌生的高度、陌生的體溫，就連毛衣沾上的洗衣粉氣味都是陌生的。我很清楚，他的所有陌生都是在阿草的熟悉之下產生對比。

　　明明我好不容易才開始適應他。

車程太久，他在我耳邊哼起歌來。作為唱片騎師的他很會挑歌，聽到這段鼻子突然酸了一下。

「和你也許不會再通宵
坐到咖啡酸了　喝也喝不掉
從前為你捨得無聊　寧願休息不要」

每次想到以前的事，都很值得循環播放，一整天都不會膩。我暗暗自喜，終於聽出了單曲循環的別種意思。

他要去的地方在工廈區。趁還有時間，我們想找地方逛逛也不容易。抬頭一看，工廈林立直捅藍天，越建越高，似是想要把它刺穿。

從這個視角來看我城，我好像突然明白他為甚麼想要走。也有一刻慶幸，他可以走。

「不如上去看看。」他見我一直在仰望便提議。舊式工廠大廈的天台沒上鎖，我們一瞬間就來到了藍天之下。近看才發現，它沒我剛剛在下面感覺那麼藍。可能世間萬物沒了距離的調味都會一律變得不吸引，還是應該歸咎幻想太美。

我們同在邊緣坐下，雙腳懸空的感覺似曾相識。那一晚我們在宿營出走，爬到山上也是這樣坐著。

「當時你埋下了甚麼願望？」他也記起了。我沒告訴他，怕說出

口就不靈光。那時我寫下的願望是可以脫離這個降頭。自從對他產生了微妙的好感，我便意識到自己不能再被謊言左右。

這次我背叛阿草喜歡上陳家豪，但他日我不能背叛陳家豪再去喜歡別人。我已經做好心理準備，帶著沉重而討厭的自己和他走下去。

「那你呢，」我反問他：「你的願望又是甚麼？」
「我想——」他説得輕鬆，看似真的準備告訴我：「等等，你看那邊的人是誰？」

他面色一變，我連忙跟上他的視線。一對男女在天台的樓梯口談話，聲浪越來越大，看似在吵架。陽光刺眼，我沒看清兩個人的面孔，但身上的校服只消一眼就能認出。

我和他幾乎是異口同聲的吐出一句：「仆街」。

幸運的是旁邊剛好就是大水箱，我們躲到後方才不致被發現；但要命的是兩人在樓梯口糾纏，我們根本無處可逃。本來我們應該躲在原地待他們離去，但是陳家豪來這邊有要事辦，肯定等不了那麼久。況且兩人説不了幾句又大吵大喊，看樣子也不是一時三刻能夠解決到。

我正著急他會趕不及，他頓時拉著我，靜靜指向對面大廈。

這區密度高，大廈的高度都差不多。我們所在的天台，大概

只有十多米距離就是鄰邊那棟大廈的天台。兩邊靠一條窄長的鐵皮板連接，應該是在維修後沒有完全拆掉的工人通道。

通道離地幾十米，沒有任何安全措施，然而這就是唯一的出路。

「我們再玩一次吧，」他輕聲說：「信任遊戲。」

聽到這四個字心跳也漏了半拍，我記得他在馬路和我玩過的這個遊戲。只是今次的遊戲地點，變成了樓高十層的天台。

我和阿草走在行人路上，他是那種會讓我靠內邊站的男生。陳家豪不同，他的信任遊戲是讓我閉上眼過馬路。他是個瘋子。

「你信我嗎？」

因為他夠瘋，所以才敢喜歡我這個人。

「信我的話就閉上眼，」他向我伸手，就如上次一樣：「我帶你走過去。」

我不是那種嗜高喜歡危坐的人，這種遊戲我一點都不覺得刺激。可我還是閉上了眼，純粹因為那人是陳家豪。

他喜歡不是單身的我，也是因為他夠瘋。而我喜歡他應該只是因為我夠蠢。

　　我們盡量不動聲色，躡手躡腳地走到通道前。我依他所說的閉上眼，四周變成漆黑。沒看到下面的高度反而沒有那麼怕。其實他不是不怕，只是把一切驚險都留給了自己。

　　窄道其實不長，我感覺走不了十多步就完。他鬆開濕透的手，抹著同樣濕透的額頭。他看著我不說話，空氣戛然而止。

「你信我嗎？」他再問，準備開始另一個信任遊戲。
「這次又是甚麼。」
「信我的話就等我回來。」

　　他讓我閉上眼。這次稍微閉久一點。用心數著，下幾場雨櫻花就會盛開。花見之時睜開眼，他就會在。

　　從來沒細心數清楚　一個下雨天
　　一次愉快的睡眠　斷多少髮線

　　小時候的我很笨。祖母和我說，泡麵要等三分鐘才可以吃。三分鐘是多久？就是從一數到一百八十。於是我數得超級快，只花了不到一分鐘也懶管舌頭打結就數完。以為三分鐘數得再快也是三分鐘。長大後當然知道不對。因為這十天我數得很慢，它還是來得很快。

　　他說離開當日，父母和班上幾個同學都會送機。有同學在場，我自然不能出現，我們只好相約在上機前一日見面。他說得對，所有的大日子都會變成它的前一天。

　　這是他離開前最後一次見面，我們仍然選擇了鐘樓。

「你有生氣嗎？」他小心翼翼地問。

　　我其實的確應該生氣。我們違背一切的交往，即使騙過全世界也在所不計。誰知他轉個身就說要離開，把我重新留在孤島，獨自保管這個謊言。

　　但我難得理性地明白，每個人都要透過不同的方式成長。

　　我承認，學習與被迫說謊的降頭共存是我的成長；而陳家豪要成長，就只有離開父母的庇蔭。這是我們任誰都討厭卻沒法避免的一環。

　　我看他從口袋中掏出播放機，這天的歌他好像挑了特別久。或者當中的這幾句，他是想和我說的。世上最肉麻或最真實的說

話，要宣諸於口都難。

「*游離　原是要鬆一口氣*
請你明白　多麼的愛你　仍會別離
怨或恨　我甘心擔起」

　　畢竟這是我最後一次親身給他説故事，以後就不知要等多久。他或多或少對今天的故事也寄予期望，就如我每天也期待他會送上甚麼推薦歌。所以今天的故事，我是特意準備的。

「這個故事既不是從圖書館找來，」坐在鐘樓下的我們習慣看海説話：「也不是我寫的。」我從背包拿出一個文件夾，裏面顯然夾了很多不同大小材質的紙張。

「這是我們這段日子以來，一起經歷過的事。」

　　我曾經偷聽過班上的女生聊天，她們説到慶祝紀念日就該花點心思。把一起看過的電影票尾、拍過的照，甚至餐廳吃飯的單據都好好收藏，然後送給對方。我們在一起的時間不長，走過的經歷都只有薄薄幾張紙。

　　他接過以後馬上收好，我問他不看一下嗎？他説，坐飛機要九個小時，他留下來慢慢看。

「我也有東西給你。」他邊打開背包拉鏈邊説：「我前幾天在執拾行李時，在功課文件夾找到一樣東西。我們在中四做的工作

紙。」

　　我接過那張保存得極好的紙，不帶一絲摺痕或皺紋。這是中文課的堂課活動，鄰座兩人一組，寫一對上聯和下聯，各七字。

　　「你有印象嗎？」他知道我上課從來不帶腦袋，還是想要試探我的記憶。我記得，那堂我們班上得特別不認真。畢竟我所在的班別，每年都是成績最差、紀律最壞的一班。不少同學都寫了「長洲賓客賓洲長」的上聯，鄰座默契地接上「大圍三姑三圍大」。我們班的人就是會因為這種趣味而覺得樂不可支。心底不禁替構思的老師感到婉惜，明明是個有意思的活動，用在這群學生身上只是糟蹋。整個班上會認真完成的，大概只有我和陳家豪這一對。當然那時我們只是一對鄰座，而未成為現在的一對。

　　我用鉛筆寫的筆跡已經褪淡了不少，不過還看得出我在上面一行寫下「鳶鳥迷途覓橋時」。黑色鋼珠筆寫出來的字仍然秀麗，他接上「甘缺一筆藏兩意」，我說我看不明白，當時他說是胡亂編的。但我不相信，明明他就想得很認真。他才不是那個凡事得過且過的我。今天，他說我們要完成這張工作紙的最後一步。

　　由寫的人親自解說，告知對方當中蘊含的意思。這份功課才算完成。

　　「甘」缺少一筆，是草花頭的「廿」；「兩意」所指的是三心兩意。

我在空中寫字，模擬在草花頭下加上三顆心：「蕊。」

他滿意地點頭：「花的心臟，就是蕊。」

他說從中四那時他就知道，這裏就是讓鳶停下來的地方。

◄◄ ❚❚ ►►

鐘樓今天沒有慢上兩分鐘，我們看它跑了好幾個圈。我倒是沒所謂，但他不能太遲回去。他不像我，總有人會等他歸家。晚上的海旁特別耀眼。入黑後攤位陸續開檔，替前來觀賞夜景的遊客留影。我看閃光燈在旁眨了又眨，便對他說：「我們，原來沒有拍過照。」

他沉默不語，我們都知道原因。拍下親暱的合照就等同給自己留下罪證，誰能保證自己的手機永遠安全。尤其是阿草和我如此親近，要看我的手機易如反掌。很容易就能預想到我們的結局會是千夫所指，百口莫辯。

突然他把我拉到面前，緊緊捉住我的肩膊。

「看著我。」他把我捉得赤痛。如同上次在鐘樓之下，我在他的瞳孔看到自己的倒影。

「你看到自己嗎？」

我點頭，仍然不敢動彈。

他倏然開口數著：「三、二、一……」

然後，他用力眨眼，瞇得特別緊。

「我拍下來了。」

最美　一消失　不會等你

◀◀　　⏸　　▶▶

他經常笑我的書包空空如也，書本不帶功課也不拿，難怪成績差。今天離開鐘樓，他最後一次送我回家，一路覺得背上特別沉。自此身邊明明少了一個人，竟然沒有覺得變輕而是變沉，真奇怪。

然而我回家收拾書包才發現它變重的真正原因。裏面多了一本從未見過、也不屬於我的舊式紅黑硬皮電話簿。相比之下，我送他的薄薄文件夾實在是太沒誠意。

我珍而重之地掀開電話簿的第一頁，不出所料是他專屬的黑色鋼珠筆字：「2009年10月30日　關於生日會和木偶的故事」

下方一頁寫得滿滿，盡是熟悉的情節。這是我和他說的第一個故事，就在走廊留堂的一天。回想當時也是小木偶讓我說謊，

故意要我留下來的。我們的故事，也可説是由此而生。

　　我不禁心中一沉，要是這一切都是小木偶安排的話，或者我們遇上從而走近就不能算是緣分。

　　我們喜歡對方，只是小木偶讓我出軌的惡作劇，而他只是湊巧牽涉其中。如果那個人不是陳家豪，可能我也會一樣背叛阿草。我不清楚。

　　可是手中的電話簿又是如此真實而有重量。這些日子下來我所説的故事，他竟然悉數一字不漏的抄錄下來。字數越來越多，但他寫的字絲毫沒有變醜。繼續掀下去，每頁文字陌生得來故事又異常熟悉，充斥著違和感。

　　2010 年 7 月 6 日　　關於阿草的故事
　　2010 年 8 月 14 日　　關於阿花小時候的故事
　　2010 年 9 月 29 日　　關於遺憾和貓的故事
　　2010 年 12 月 15 日　關於毒男無法投胎的故事

　　翻到最後一頁，上面寫著這天的日子。

　　2011 年 1 月 9 日　　關於謊言和出軌的故事

　　我合上電話簿，不讓故事溜走。感謝愛聽陳奕迅的男孩陪我説了一個第三者的故事。

翌日晚上我拿著手機，看著他告訴我他離家了、行李超重了、母親哭了、來送機的同學也哭了。我感覺應該在他旁邊經歷這一切，而不是他在透過短訊告訴我。我們就算再如何喜歡對方的文字，它也有乏力的瞬間。他最快樂或最悲傷的時刻，我都想在場。

隔著窗花望向夜空，他待會會經過我頭上的這片天嗎？目光放空，我凝視不帶一點星光的夜幕直至眼睛疼痛。心底祈求著那部客機，請務必要把他平安帶到目的地上。住在花蕊的鳶鳥最後還是展翅高飛，直上雲霄。

我問他要飛到多遠，他說現在還回答不了。但至少在花見的季節，他會回來。

上機之前，他還不忘給我今天的推薦歌。因為約定就是約定，緊緊遵守它才可貴。我覺得他給的這首歌，只是想讓我聽見當中一句。

「如若你非我不嫁　彼此終必火化
一生一世等一天需要代價」

約定一生一世的代價不菲。在那一天來到之前我就料到路途崎嶇，現在的分開就當是其中一個波瀾。

我們一直在傳短訊，電話突然震動使我不得不趕快接聽。

「怎麼突然打電話來，」他應該已經登機，該不會是出了甚麼急事：

「沒問題吧？」

他的語氣出奇地平靜，在夜裏聽，像想哭的月亮一樣朦朧溫柔。他說剛剛同學們都在送機，一直只能傳短訊，沒辦法打電話。

「對了，」他繼續道：「我坐的是窗口位置。可能，待會可以看到你的家。」

聽見他說的這句，我再次相信心有靈犀的魔力。他打電話過來為的不只是寒暄，至少再見兩個字，他說還是應該親口和我講。

「不准說再見。」我也有難得堅拒的時刻。
「那⋯⋯」
「說『待會見』。」

沒人會知道待會是在甚麼時候，但至少我們都知道還會有下一次。

「那待會見了。」他在那頭說著，背景傳來廣播的聲音。
「好的，」我深呼吸，不讓這句話哽咽：「待會見。」

◄◄　❚❚　►►

他離開的一個晚上，睡得不太穩我便索性早早起床。看桌上的鬧鐘，他應該還沒有著陸。不過我還是打開電腦，登入社交網站，打算不停折磨著更新鍵，直至出現我所期待著的私訊為止。

才剛登入，屏幕上一張相片就把我震懾住。

　　沒有接到私訊，而是昨晚去送機的朋友上傳了照片，標註了陳家豪。他向我提及過班上幾個熟稔的男生會去送他，我早就知道。只是昨晚的大合照中，多了一個不該出現的人。

　　他沒告訴我，多多也在。

　　讓我特別在意的，是除了大合照以外，多多還上傳了一張和他兩人的合照。雖然沒有親暱的舉動，但光是他們兩人處於同一個視窗中就讓我感到不舒服，鬱悶得想吐，卻又被迫硬生生的吞回去。

「相命先生說我一生好運，我就此分一半運氣來祝你前程錦繡。我說你呀，不准忘記我……

……們5A班！」

　　多多之所以受歡迎，在於她很知道如何搞氣氛。面對早已分手的舊情人毫不尷尬，明明只是一張合照，偏要寫得那麼曖昧來製造話題。她的相片和文字成功引來了很多的讚好和談論，大家都在留言問兩人是不是復合了，多多會在甚麼時候過去找他，是不是已經見過父母了等等等等。

　　我一直以為自己欠下陳家豪很多，因為他是關係中多出來的一個。我會這樣想是我看得太遲鈍。

他才是活在鎂光燈下的人，我只能躲在黑幕之下看他發光發亮。

情人節不要説穿　只敢撫你髮端
這種姿態可會令你更心酸

我在想或者故事本應該是這樣，現在她所做的只是將一切都扳回正軌。一個正常故事中根本就沒可能有我的戲分。怎麼我要那麼貪心的硬把自己摻進戲中，不肯在台下安分守己的當一個觀眾。

因為女孩子，一生人總會想當一次女主角。

要是我們從來沒有喜歡過對方。家豪和多多一直風調雨順，偶爾會吵架鬧鬧分手。他或者會找我聊天吐吐苦水，但太陽升起就能和好如初。到他決定到外國留學，我尚且能以朋友的身份來到機場，報他一個淺淺的微笑，就此別過這個萍水相逢的同學。

在這個平行時空，我們從來沒有喜歡過對方。活在名叫現實的這邊廂，我們卻由互生情愫變得難捨難離。

即使命運注定要與他擦身而過，我也要轉身把他追回來。

如果要二擇其一，不得不承認的是這刻我重視他多於阿草。可能這是出於純粹的喜歡、當初的感動，或越洋的牽掛。甚至可能只是因為他有被情敵搶去的危機。只是來到這個關口，我確實

沒有勇氣放棄一段近在咫尺的感情，來冒險換取一段遠在天邊的愛情。我可以說謊，可以自私，但人始終不能貪心。

誰都只得那雙手　靠擁抱亦難任你擁有
要擁有必先懂失去怎接受

◀◀　❙❙　▶▶

好像過了很久，我由天黑看到天光再目睹它慢慢變暗，他的訊息才來到這邊。

「我到了，你在嗎？」
「怎麼上線又不回覆我？」
「你是因為……多多而生氣嗎？」

沒有。我不能生氣，不能介意。家豪也從來沒有開口說過介意我和阿草。

我們之間的天秤，不能被打破。

「沒有啊，只是剛剛走開了。那邊會很冷嗎？」
「這樣就好了，我多怕你會生氣，」他打字仍然快得我反應不及：「所以在上機前才沒有告訴你。」

我沒回答，讓空氣靜下來他又繼續輸入訊息：「最後一通電話，我就想和你好好說話。」

終於，我也對家豪撒謊了。

這樣也好。我沒有立即回覆他，只是趕緊對自己說這樣也好。說謊的話就會成真。我說不在意就真的不在意。

我開始明白小木偶最近為甚麼都不出現。謊言是一種病毒。首先進入體內時會產生排斥，後來慢慢感染每一個細胞，最後擴散至全身，再服藥動手術，就算挖開我的腦袋也不管用。它不需要現身，也不再需要像往日給我下指令。

現在的我已經變成了另一個小木偶。

很簡單，只要說謊就可以。我說自己沒有不開心，那些眼淚就是假的。很簡單。

何不把悲哀感覺假設是來自你虛構

他離開後我才知道，原來和陳家豪在一起也不是光有快樂。喜歡任何一個人，都會有失落傷心的時刻。可是我們不同。在鐘樓下的我們只想著尋開心而在一起，要是這段關係中出現傷心的時刻，初衷不再的我們或會開始質疑要不要繼續下去。

如果有一刻傷心，就應該結束；還是因為傷心，才證明我們應該開始？

這道問題好難回答，難在我不能像中四一樣，抄襲那個聰明

鄰座的答案。最難在於，這道考題我們誰都不敢問出口。

「電話簿，你看過了？」那本簿是很「我們」的一樣東西，那是他的字、我的故事。「你所說的第一個故事，是說小木偶在慘死後不停向人類孩子下咒。我覺得那個故事最深刻。」

「是嗎，」我不能告訴他這是真的，當然深刻，只能草草回應：「你喜歡就好。」

「在飛機上我突然想起這個故事，我想我們都是被下咒的人。」他說：「所以現在才要那麼努力，一同去騙過全世界。」

「我跟你說一件事，希望你不會生氣。

有時我會自私地想，要是這個謊言被拆穿了也不錯。你不再需要作出抉擇，阿草得知真相後必定會憤然離去，然後我們就能真正的在一起。

所以我在想，要付諸實行也很容易。和你逛街時故意逛到同學的家附近、在你的書桌上裝作不小心留下寫有情話的字句等等。發生後，我甚至可以讓你以為這一切都是意外。」

聽到這裏我不禁心寒起來，不過仔細一想根本不合理。

「但那次在工廈天台，你明明拚上了命都要和我逃走，為的就是怕讓同校的人撞見。」

　　經過多多這件事，我多少有點能明白陳家豪的心情。他們這班蠢貨都以為陳家豪還喜歡多多。大家只要一想起陳家豪，就會想起多多。他們變成在電腦一樣的相關聯想詞。我能明白陳家豪想讓全部人知道，我不是大家所想般的喜歡阿草，我也喜歡他。他說，他能想出一千種方法去「不慎」洩露這個秘密，但他挖開了像泥濘的貪念，把這些想法都深深埋在底下，即使想起也不讓自己去碰。

「世界之大，我唯獨不想騙你。」

　　我們說過，要公開的話就留待花見。我們對這回事都出奇地重視，這是我們的憧憬，一個只在幻想出現過的地方。花見之約絕對不是一個交易或挑戰，說如果他帶我去旅行我才肯和他公開之類的鬼話，絕對不是這樣一回事。

　　我想只是我們都迷信。一個如此夢幻又確實存在的國度，能身臨該處的情人必定是被樹上神明所允許，而且深受祝福的。所以我們說好，在花見之時就親自揭開這個秘密。

　　忘掉我跟你恩怨　櫻花開了幾轉
　　東京之旅一早比一世遙遠

第三天，想他想得快瘋了。

　　我把用來儲錢的小鐵盒拿出來，數了又數，數了又數都只有幾百塊。要是能借的偷的從哪能弄來多一個零的話，毫無疑問會馬上拿來買機票，不顧一切的跑去澳洲。住在哪裏不知道，要怎麼生活不知道，甚至連他具體的地址我也不知道。我只想去見他一面，甚至記恨上帝繪寫地圖時怎麼把澳洲編得離香港那麼遠。在這刻的阿花可以為家豪放棄所有。正如那時候的家豪，也能為了阿花當上第三者。

　　自從他把第一封信寄出後，我每天回家都例必彎彎腰，眯著眼睛看信箱的不速之客到了沒有。他離開一星期，我家的信箱仍然無人問津。他說開始忙著追上課程進度，有時候也無法上線，我和他說話的機會變得越來越珍貴。要是我們真正的在一起，或者他就會留下來？我搖頭不讓自己再在同一道問題中失眠，已經過去的事實容不下如果。

　　我寧可相信是他選擇了離開，而不是我沒有捉緊他。

「這個小區密度很低，全是一兩層高的平房，走在街上超像在電影片場。」

「我今天在市中心迷路，但剛好遇到有劇團公演，就買票進劇院湊湊熱鬧。」

「悉尼海邊很多白鴿，我給他們撒了好多麵包屑。我和其中一隻

說好，要牠飛過太平洋過來幫我啄你。」

「上星期寄給你的信，收到了嗎？」

　　他每次上線總會急不及待和我分享他在外地的新鮮事。我從文字都能感受到他的雀躍，為他開心之餘不免會想，如果他能預視在澳洲的一切快樂還是否願意為我留下來。面對他所分享的生活，我感到越來越難搭話。我從來沒有外遊過，在他的花花世界，我根本一句話都搭不上嘴。

　　於是，我故意一個人去了我家樓下的公園餵鳥，心裏想著牠就是家豪餵的一隻。接著也晃進了劇院，哪齣劇在上演就看。還好這齣劇太悶，院內很多空位置，我有足夠空間去幻想他就在旁。

　　我努力去把我在香港模仿的體驗告訴他，他說他隔著屏幕都笑翻肚子。他說他餵的是白鴿不是麻雀，看的是舞台劇不是社區中心的粵劇。我沒在意被他挖苦，至少我能博他一笑。

「這邊越來越熱了，明天和學校的朋友去海灘玩。晚上大概不能上線，別等我了。」唯獨氣候證明我們處於不同時空，我所做的一點都沒能拉近距離，只是一堆在自我慰藉孤寂的空想。我默默把外套的拉鏈再往上拉，打字回覆也雙手顫抖。

「聽說下個月櫻花就開了。」

　　他大概會望著豔陽，抹一把汗回答，很期待。

我們書信來回幾遍，他的黑色鋼珠筆字仍然秀麗，説的笑話隔了兩個多星期郵距仍然能逗我發噱。一次我們在網上聊天，他告訴我新年快來了，好掛念香港的年糕。這樣一説我才記起原來已是二月。

　　二月十三日的晚上，我收到了他的訊息。他説，在他那端已經是情人節。所以想要及早和我説聲情人節快樂。從以前開始他就説對了，所有的日子都會變成它的前一天。我笑説，好邪門啊。

　　時間到底是一個怎樣的概念，數學差的我想不明白。如果沒有時間，自然沒有時差。我生著悶氣的跑去問陳家豪，唸精英班的他應該會想得通。

「同在一個地球上的不同城市不同時區不同人，是誰想出要以時間地域劃分。如果世界完全無分國家，那麼自然不會出現海外留學這回事。

所有人類生在哪裏就活在哪裏，我們誰也不走遠，誰也不離開。」

　　幾星期後，我接到他的回信。他回答，所有離開都是必要的。即使我們不離開出生地，還是會離開世界。所有的暫別都是為了預演真正的永別。

　　他的暫別是為了看遍世界。待有天這裏真的容不下我們，我們一走就不再回頭，直至永別。

　　這封信就只有這麼短短幾句。我看完再看，還是覺得哪裏不對勁又説不上來。順著反著讀了幾遍，終於發現了。這次的回信我決定不寫字，而是跑到鄰近的文具舖。上封信之所以奇怪，是因為他用上鉛筆來寫。

　　提著一打黑色鋼珠筆，下一站是唱片店。

　　在認識陳家豪之前我甚少會聽音樂，即使想聽也在網上下載。直至他説，陳奕迅的每一張專輯他都會收藏，我才開始陪他逛起唱片店來。他説，隔著屏幕會失去感覺，就像看故事，你也會偏好實體書吧。我點點頭，連連稱是。我也不喜歡現在隔著屏幕和他説話，會失去感覺的。

　　從唱片店離開，用力抱緊二月底才推出的新專輯。我想要一併寄存這份溫度。寄包裹和寄信不同，因為他我又第一遍去了郵局。平日很早關門，要上學的日子還是沒可能趕得及。於是我挑了一個假日，慵懶地從家出發。還好學校附近就有郵局，慢慢走過去也不費時。可能因為太早的關係，裏面還沒有幾個人。第一次投寄包裹的我有點不知所措，胡裏胡塗就隨著人流排隊去。

　　「寄去哪？」大叔職員的嗓門很大，把大清早沒睡醒的人都嚇一跳。瞥我一眼，然後又埋首自己的工作或信件中。

　　「悉尼……澳洲悉尼。」我往櫃檯輕聲説。他匆匆一覽我要寄出的東西，著我去買一個小型包裹箱，寫好地址才再排隊。離開櫃檯轉身一瞬，我見到了一個無論如何都不應該在這裏出現的人。

「這麼巧。」她一副笑容太精緻，使我難以辨別真假：「家豪在普通班的時候，你們一起坐是吧？」

印象中我們沒說過話，但我看過她的社交網站，她似乎也和我一樣住在學校附近，難怪會來這區的郵局。她和陳家豪在一起的時候，每天都至少上傳一張合照。這是我第一次在這個距離看她，本人和相片的差距沒有太大，她的眼睛是這麼大而有神，皮膚也是這麼白又無瑕。

「你要寄東西去悉尼嗎？」

都怪大叔那麼高聲說話，她說的每一句話都使我的皮膚刺痛。我眼角不停瞟向出口處，就在咫尺卻無處可逃。在這個關頭我還可以說點甚麼。她看穿了我的窘迫，很有禮節地掩嘴竊笑。

「真巧，我也是呢。」

她手中抱著一個文件夾，半透明的，裏面是一疊沖曬好的相片。放在最上的一張，就是她們班在機場送機時的大合照。我做夢也能記得這張相片曾經讓我多苦惱，還好我已經沒在意家豪的過去式。

真的，還好木偶降從來沒有一次失效過。

最可怕是她瞪著眼睛看我，一眨也不眨，害我覺得她擁有著某種能看穿我的魔力。一下子我整個人像透明一樣，任誰一看過

來就能得知我最骯髒又最珍而重之的秘密。

「阿花，你這麼見外真的讓我好傷心。」

……她知道我的名字？

雖然我們同校，但多多一直在精英班，我也沒這個能力去接近她。精英班的人一直看不起我們，平日只會直走豎過，連眼尾也不瞧一下。她知道我，最多只是因為我是家豪的舊鄰座。不會是消息靈通的她，早就知道我和家豪的事吧？

「我啊，」她突然伸手捉住我，軟綿綿的肌膚很有女孩子的感覺。我費盡心神阻止自己去想這雙手就是他曾經牽過的。她親暱地捉著我的手，陌生的皮膚使我敏感地打了一個哆嗦：「可是一直都在留意著你。」

「我們，以前可是好朋友呀。」

說到這裏，她突然噘起嘴來，撒嬌得像一個輸了遊戲的孩子。

只是此情此景，怎麼有點眼熟。

太眼熟。

「六歲的生日禮物，你還欠著我呢。」

　　六歲那年，我在家附近上小學。班上一位同學邀請我們去生日會，最後因為下大雨，赴會的人很少。我在玩「收賣佬」遊戲時為了勝出，撒謊騙了生日會的主人翁。自此，我一直被迫不停說謊，最後甚至因為一個又一個的謊言而喜歡上另一個男生。從六歲走到十八歲，我不明白為甚麼我長大的路都如此曲折迂迴。

　　我不過是撒了一個謊。

　　除非，當年我騙了一個我騙不起的人。

　　「小時候的事，很對不起。」她說罷便鬆開一直捉住我的手。懲罰也好，報應也好，我一直以為降頭是上天給我的，所以我沒埋怨也沒生氣。十二年後的今天，她才和我說對不起。

　　「我們年少，你知道小孩子就是喜歡贏。我只是當中……比較好運的一個吧。」從生日會的遊戲，到學校的每一場考試，她都喜歡贏，而且大多都能得償所願。

　　「都說了，」她皺眉蹙額卻面露微笑：「相命先生說我一生好運呀。」

　　除了「收賣佬」的那一次，我贏過她了。

　　「你為了想贏而騙我，我也為了贏而對你做出了這種過分的事。」我能聽出，她想把這件事說得平等一點：「真的，這些年來我一直不好過。」

　　我說謊害她輸掉遊戲，她就向我下降頭報復。我每天像扯線木偶一樣被迫說謊——還是一隻被木偶操縱的扯線木偶，它出其不意的在我腦海出現、嘰笑、下命令讓我說謊，我不得不服從。光是服從它的說話已經夠煩惱，漸漸我也沒有多餘的心力去和其他人說話。

　　我不是生而孤僻的人，是後天被她所害的。

　　反而，她變成了我身邊最受歡迎的一個。老師喜歡她，同學喜歡她，就連陳家豪也喜歡過她。我不意外。因為她從小到大就習慣贏。我不想說是「習慣」，因為這個措辭太過溫和善良，把她不惜一切也要得到勝利和注目的偏執，包裝成一個值得被原諒的正常想法。

　　她還辯駁，我們總無法抵抗自己的天性，我們都有陰暗面。她的陰暗面只是恰好在遊戲中被反射呈現出來：「和你升上同一所中學後你不和我說話，好像完全不認識我的，我也理解，所以我並沒有硬要和你重修舊好。最叫我意想不到的，是對你影響竟然有那麼深……」我越想越煩悶。她說衷心感到抱歉，是不是也是為了贏得一份原諒而說的謊言。

　　這個降頭影響我太多太多，不是它的話我根本不會和陳家豪走在一起，我仍然是個只喜歡一個人的好女孩。感覺似是一張保存良好的白紙，平白無事就被畫了一筆，既然它不再無瑕，我便繼續畫下去，直到現在再也擦不掉複雜而胡來的線條。最糟糕的是我竟覺得這片一塌糊塗的景象好看吸引，不能自拔的繼續塗鴉。

想到這裏一下子激動起來，我可能這輩子也沒這麼生氣過。說到這個份上，我不過是情不自禁抓住了她的領襟：「給我解藥。」

　　既然她是下降頭的人，想必也會有解降頭的方法，像符咒、藥片或者儀式之類？

　　她分毫沒有被我嚇怕，說話平靜似水：「這裏沒有你的解藥，也沒有我的解藥。」

「你的？」

　　我放棄再執著於解藥，反而把重點放在她身上。因為我很清楚她說的「這裏」就是指所有地方。她盡可能把話說得模糊讓它聽起來沒那麼糟，但抱歉我就是聽懂了當中的絕望。

　　我們都是一樣的。不然，小時候怎會成為朋友。

　　拋下這句她就離開。郵局的玻璃門微微搖曳，照片還沒寄出。

　　上天沒刻意把我的路岔得崎嶇不平。世上所有惡果，都是自找的。

⏮　　⏸　　⏭

「現在時間：香港，晚上九時；悉尼，晚上十一時。
從二樓窗口望開，目測氣溫十七點五度，能見度頗高。

送上今天的推薦歌。」

　　唱片騎師問我，最近還有沒有自己在寫故事。我搖搖頭，過了片刻才發覺隔著屏幕他根本無法看到。最近感覺不太寫到故事，大概是傳說中的缺乏靈感，我想休息一下就會好，但為了要履行約定，即使寫不出來我還是會迫自己定期看書，好讓我可以講給陳家豪聽。

「今天我們說《國境以南，太陽以西》。」我告訴他，這是一本小說。

「所以故事是發生在一個介乎國境以南與太陽以西之間的地方？」他的提問還是一貫的有板有眼，只是猜錯了。

「國境以南是一首歌，太陽以西是一種病。」書上還特別提及過，所謂的中間性並不存在。
「所以它們都不是地方？」
「所以它們都不是地方。」我這樣重複著。它們都有方向，但不是指向地方。

「唔……好難懂。」他傳了一個吐舌頭的鬼臉。
「難懂的事還多著。」基本上世上大部分的事我都不理解，只好將一切都歸究於我蠢：「我不像你一樣聰明，早習慣了。」

「你也好難懂。」他說。
「我嗎？」

「但要是你沒那麼難懂，我可能就不會喜歡上你了。」

「享受孤僻其實又渴望依賴，為人固執但又甚少堅持。」這次他輸入的速度特別慢，我想他在猶豫著甚麼，到底要不要打出來。「有時候，你像在刻意成為一個不快樂的人。」

「你有一個姊姊對吧？」我能肯定這個答案，便逕自接話：「是的，所以你不孤獨。」他不孤獨，阿草也不孤獨。這個世代大部分的人都不孤獨。我是說，至少你們不是「生而孤獨」的人。

《國境以南，太陽以西》講述的是一個獨生子的故事。在大家都有兄弟姐妹的年代，他感覺獨生的自己與生俱來就有一種缺失。我很明白這種難以言喻的缺失。

某堂課上老師教了家族樹，我才驚覺假如父母都是安分守己的好夫妻，我應該沒有哥哥或姊姊，將來也似乎不可能會有弟弟或妹妹。那天回家我拿著尤其空白的家族樹，它長出來就缺少了應有的枝椏和繁葉，營養不良似的，好可憐。我邊哭邊問母親，是不是這輩子我都不會有姨甥或外甥，也永遠不可能成為別人的阿姨了。

母親似乎不覺得這是甚麼一回事，大概只是覺得我在鬧脾氣一樣說教：「這是很正常的事，人生不是你想有甚麼都能有的。」

她不明白，這不是在央求買玩具的脾氣。我願我能學會大人的語氣，便能更具信服力地解釋，這是一件何等嚴重的事。

不過自從她這樣說，我也好像明白了甚麼。我接受了自己永遠沒有兄弟姐妹，也應該能接受自己永遠沒有朋友。這是很正常的事，人生不是你想有甚麼都能有的。

我和他說，你不明白都不要緊。真的，我希望你永遠不用經歷這種被視為「很正常」的空虛。

「在我們的生命中，任何缺失都是無可避免的。」他這樣說。
「那你呢，你的缺失是甚麼？」我問他，至少我看來，他離開了父母的管束後再也沒缺少甚麼。

平日他打字特別快，唯獨這次輸入得非常慢：「不如讓我問你，你覺得我擁有甚麼？」

「我呀。」

他沒再回話，我想他是想要享受這個瞬間。

因為有缺失才會互相需要。如果你甚麼都不缺，我也不必存在。反之亦然。我一直相信，每個人的誕生都是為了彌補某人的缺失。所以我們才完全。

說到這裏，我頓時解開了一個長久以來的難題：到底我為甚麼會因為家豪而背叛阿草。

我是獨生的，像《國境以南，太陽以西》的主角始一樣。我

們感到被孤立，在社會在家庭在所有地方。別人以為獨生子都自我中心，不會與人相處。事實是出生開始，自有意識以來，我就發現自己在孤島。島是黑色的，連找個影子來陪伴也沒有。也許他們是對的。生而孤獨，長大後雖然身邊也沒幾個人，但一旦有人靠近，登上荒島就拚命抓緊他。來的人，越多越好。故事中的始出軌了，所以我和始一樣。

獨生子與生俱來都有一種缺失，要我們窮盡一生來圓滿。課室內的荒島孤涼慘寂。阿草來了，但他想要拯救我，像《迷失蔚藍》的主角一樣要把我帶回城市，卻像遊戲的預定系統一樣沒給我別的選項。後來陳家豪也來了，他選擇留下來，還讓荒島開滿了傳說的櫻花樹。

他才是我與生俱來，缺少的一塊。

「有兄弟姐妹的人，好幸福。」至少在還未學會「寂寞」這個詞彙的年歲，也不需要深刻地感受這回事。

「可能你會不怎麼喜歡，」他這樣說：「但我想說多多，她家裏有五姊妹，她之所以會這樣努力唸書，熱衷於成為被所有人喜歡的人，為了要成為『最好』而有時矯枉過正，我想也是家庭造成的某種創傷。」

我幾乎已經忘掉在郵局遇上她的事。在好勝以外的勝利，也許只是自卑衍生的保護屏障。陳家豪說得對，任何缺失都是必然的。

◀◀　　❚❚　　▶▶

　　春天來遲了，差不多三月底才逐漸回暖。在新年這段時間，母親回過家裏一次。匆忙的翻開衣櫥，拿走幾件適合春天穿的薄毛衣。

「考卷派回來了，要簽名。」
「你繼續代我簽好了。」
「還有，學校説你給的手提電話聯繫不上。」
「直接換成你的手機號碼好嗎？」

「沒其他事了吧？」這是設有假定的問題，我不想回答。「那就好。」她近乎自言自語。我依然不想説話，因為她在提問的時候已經把靴子穿好。

　　近來工作很忙，下次回來再一起吃飯。錢我存入銀行了，你自己去提。照顧自己沒問題吧。那我們遲些見。

　　大門關上，家裏屬於她的東西又少了幾件。我在衣櫥前來回踱步，再回來幾遍大概就能把東西全部清空。那個時候，是不是就再不回來了。

　　四月的清明節假期在星期二，前一天剛好是學校的水運會，可自由選擇是否參加，我很明顯是不適合這種氣氛的人。連上星期六日，我正打算好好利用這四天連假去寫故事。前陣子給陳家豪講的都是從網上翻找回來的故事，他都開始抱怨了。只是在長

假期的幾星期前，阿草突然預約了我的這幾天，也不說所為何事，直至那天清晨五點不夠，他就跑來按我的門鈴。我睡眼惺忪的跑去應門，發現他旁邊還有一個行李箱。

坐上開往機場的通宵巴士，失去繁星的漆黑開始泛出魚肚白，我才感覺到事情有多真實。

早上他陪我差不多翻轉了整個單位，才在衣櫥的抽屜底找到了護照，害得一貫冷靜的他都慌張起來。我好好檢視著這樣屬於我但從不怎麼使用的東西，問他：「有這個就能登機了？」

「當然還要有機票。」
「你懂得買嗎？還有住的地方、去的地方⋯⋯」想到這裏，我也不禁慌亂：「我們兩個真的沒問題嗎？」

他笑說，現在上網甚麼都能搞定。阿草和家人每年至少會出國一遍，所以對於一切手續已經相當熟悉，閉上眼都懂得過境了。其實在早上我未揉開眼的時候，已經發現了今天的他有點不同。不是剪了頭髮，也不是打扮過。

「你今天，好像笑了很多遍。」我開他玩笑，說這個樣子我看不慣。

巴士停下，自有記憶以來我只在小學來過機場參觀。他很有方向的一手拉行李，一手拉著我就跑到滿是數字和字母的大螢幕前。我問阿草是不是每個國家的機場都這麼大，容易迷路。他說

去過那麼多地方，就數香港的機場最漂亮。

「因為每次回到這裏，就代表很快能見到你。」我白他一眼，問他甚麼時候學會製造驚喜。他說，我才沒有刻意讓你驚喜，只是反正和你說也幫不上忙。

　　清晨的機場沒有幾個人，我們的腳步聲尤其迴盪：「至少也該告訴我要去哪吧？」

　　早上今早他提著半滿的行李箱，不斷催促我隨便挑些衣物塞進去。因為找護照又耽擱了不少時間，一直沒有問到這個問題。不過其實他帶我去哪，第一次出國的我早已興奮得不能言諭。他說自己其實密謀已久，這是在上年年底就想著要辦的事。

「當時來你家玩，不小心看到你借的書。之後過了一陣子，又瞥到你在電腦上搜尋好多相關資訊，我就知道你一定很想去這個地方……最幸運是在這段期間，學校又湊巧有幾天假期。」說罷，他稀有地腼腆一笑。

「我們去日本看櫻花。」

　　窗外的跑道開始挪動，他沒說甚麼，只捉住我的手。直至飛機收起輪子，我感覺遠離了穩穩的地平線，載浮載沉。我說好像坐船，浪大的時候也會這樣。他微微一笑，手才挪開。

　　話說回來，我從家裏竄走幾天倒是沒問題，但他始終不像我。無緣無故失蹤，正常的父母應該還是會不太喜歡：「你父母知道嗎？」

「我說棒球隊有合宿訓練。問他們拿的參加費用來訂機票了。」

　　我除下貪玩戴起的耳機，裏面根本沒在播甚麼音樂。

「你說謊了。」我奸詐一笑，捅破了他的小秘密。他害羞得猛抓頭髮，口中唸唸有詞。

　　只此一次，為了帶你去看這個世界。

◀◀　　❚❚　　▶▶

　　他說我們要去的地方叫秋田。本來想帶我去東京或大阪之類更熱門的旅行地點，可是東南部的櫻花在三月左右就開了，等不到我們的假期。

「看櫻花好有學問，也得看運氣。」他說到一半突然一怔：「不過你看過那麼多資料，說不定比我還熟悉。」我裝作望窗外的雲，不敢讓他知道這份熟悉其實何其陌生。

到埗後，他把手錶撥快了一小時。我極討厭自己衍生了這樣一個想法，但當下一刻我只想到和陳家豪又靠近了一小時。猛地搖頭，深呼吸。日本的空氣比較冷和好聞。

我以為一踏出機場就能見到滿滿的櫻花，就像書上的一樣。他解釋說即使是盛開的季節，櫻花樹也不是隨處可見，果然我還是把這個國度想像得太美好。來到鐵路站，我感覺自己像電車內的荻野千尋，阿草在旁，他就是把我帶到沼底站的無臉男。那一幕寧靜得叫人太難忘，時間像被路軌遺忘一樣緩慢流動。

日本沒我想像中繁忙和人多，可能因為秋田不是陳家豪一直所說的東京。電車把我們放下，離遠就看到公園一片醴醴白色。我沒在意，但當阿草說這就是櫻花的時候，我有點失望。我以為櫻花都是粉紅色，會在空中跳舞的。

「櫻花有很多品種，有的本來就是白色，也有的會隨著時間慢慢滲出粉色。這種轉變也是櫻花好看的地方，吧。」我同意阿草，這是很漂亮，但它不是櫻花。櫻花應該要是粉紅色，在人多又擠迫的東京和陳家豪一起看的。

他可能看出了我的失落，但他沒說出口，其實他也沒看穿。

「前面應該還有個神社，」他草草一翻手上的旅遊書，行程甚麼的早就倒背如流，這個象徵性的動作來得有點多餘：「去看一下吧。」我心不在焉的隨他走。當時因為家豪說如果我是花的話，應該是櫻花，所以我才會跑去圖書館借有關花見的書，所以阿草

才會見到，以為我喜歡。

但我喜歡，其實不過是因為他喜歡。

可能我本來就是一個無所謂也無主見的人。阿草說喜歡我，我無所謂就答應了。家豪來表白，我也無所謂的說好。向來小木偶要我說甚麼謊，我都逆來順受的照辦。我無所謂的，反正都不過是說個謊。反正說的謊都能成真，都能騙過別人，只是騙不過自己。

對於很多人來說，或者這是一件很划算的事。你可以隨意向情人說謊，出軌喜歡別的人，讓他滿足一切你所不滿意的。最重要的是，本來的情人根本不會知道你出軌。

可是降頭給你最大的懲罰，是將你變成世上最後一個保留真相的人。你將會永遠記得第三者給你的歡愉。有多少快樂就有多少內疚，你都要一個人全盤接收。儘管這樣，我仍然相信很多人會選擇出軌。

畢竟我們的天性就要需要說謊，關係、社會都需要謊言來維持安寧和美好，只是大部分人都不願沾染雙手。但我把木偶降的故事說出來，其他人就不可以充耳不聞。

阿草所說的神社叫「戀文神社」，聽說是日本明治天皇出遠行途中，來到了這個公園，剛好接到身在遠方的皇后來信，我想「戀文」是指戀意綿延的文字。我同意，一直被某人的文字所愛著。

寄信。陳家豪的信我昨天收到還未回覆。阿草的驚喜來得太突然，莫說是寫信，我連和他說句話都未有機會。他大概以為我還在空蕩蕩的家無所事事地虛耗假期。大概只是睡死了所以才三天不上線。

結果那個神社也沒我想像中那般浩瀚莊嚴。如果有冒犯的話很對不起，但那裏只草草用木條砌成一個鳥居，的確令我聯想起像地藏菩薩一樣大小的參拜點。我能理解這是所謂的象徵意義。這次我努力不流露出失望的神情，只是雙手合十，虔誠了半分鐘。阿草在旁邊繼續說話：「這裏，可是保佑戀人長相廝守的聖地呀。」我雙眼合十，專心矢志地祈願，卻想來想去也想不出應該求神保佑我和誰。

離開公園沒多久，阿草突然停下腳步。他瞧瞧自己很是空閒的雙手，一臉抱歉地說自己把旅行書留在公園的長椅上了。他左顧右盼，指著不遠處的旅客中心讓我去待著，他很快回來。

我不諳日語，幸好還看得懂圖示和英語，得知這個旅客中心慷慨地供應無線網絡。沒多想半秒，我連忙接上社交網站。一邊等待緩慢的網速努力加載，一邊數算日本的下午一時，算上冬令時間就是他的下午三時左右。我們習慣晚上聊天，這個時候他大概不會上線。給他留個私訊，簡單交代我暫時不在家，隔天回來再慢慢解釋為何一切來得那麼突然。

我想我也需要一點時候，去忖度該如何和陳家豪說我和阿草去看櫻花。我和阿草可以近近的去台灣走火車軌，也可以遠遠的

去夏威夷浸日光浴，走遍全世界去哪都好。

為甚麼偏偏是我們說好的日本，偏偏是我們約定的花見。

成功登入社交網站，未及按出與陳家豪的對話視窗，眼前的主頁便出現叫我心跳停頓的畫面。

陳家豪更新了近況，時間是半小時前。相中是他的 mp3 播放機。很久沒見，右邊的耳筒有我整個中四的回憶。

「不緊要　你的心永遠不斷轉
他迫你再愛　大概會變了你不願
寧願給你選」

陳家豪在人前絕對不是一個多愁善感的人。他在社交網站充滿笑臉，和家人的溫馨，和朋友的傻勁，還有聽音樂彈鋼琴的陶醉。他寫下這樣一段文字，馬上惹來很多朋友的留言。有些是我們校的（當然也包括多多），也有些是他舊校的同學。留言大同小異，好幾個朋友在猜測他因為在海外留學不開心，紛紛寫下關心他的說話或邀他打電動。只有我能看出，這是他給我的推薦歌。推薦歌的歌詞才是他想跟我說的話。

可是我還未發出告訴他我在旅行的訊息，他為甚麼會寫出這樣的歌詞？剛開始感到詫異，答案便自己跑到眼前。阿草在更早時間上載了一張照片。推算時間，那是我們剛到公園的時候。相中人抬頭看著白色櫻花，眼也不眨。看著我也好奇自己當時在想

些甚麼，大概是抱怨櫻花還不夠書上見的粉紅。

阿草在相片下方寫了一句：

「我給她一個旅行，感謝她給予我一生。」

阿草不像多多那種風頭躉，朋友本來就沒幾個。我很清楚他上載照片真的只為了記錄生活，而非想藉著甚麼獲取注意或惹人羨煞。這張相片只有數個人讚好，所以我很容易就能找到其中一個正是陳家豪。

他知道了。他知道我和阿草兩人出遊，去了日本，去了看我們的櫻花。我明白這話很霸道，但在每個人的世界中都會有一樣「專屬」的物品。例如這家餐廳無論如何你也不願和女友去吃，只因這裏有著你和前度太多回憶。無論那段過去快樂與否，這個地方也是那個人專屬的。

在我的世界，花見的確只屬於我和陳家豪。

我們約好，花見之時就公告世界。意想不到的是把我帶到花見的人正是阿草。

◀◀ ❚❚ ▶▶

「讓你久等了，」初春之際，他竟然抹著汗：「我們走吧。」沾有汗珠的手拉上我，他是跑回來的。我們在交通燈前停下，他一

邊拿著旅行書，一邊指手劃腳，落力地向我解說日本的風土文化怎麼樣，隨手指塊空地都能說出以往有著甚麼了不起的歷史。

「日本行車也是左行制的。原因是在一百多年前的幕府時代，武士的佩刀都在左邊，因而衍生靠左側行的習慣。」眼前這條大概是市內最繁忙的大路，不及香港尖沙咀車多，也沒它們駛得快。我想起了他和我第一次的信任遊戲。

打從開始，我們就知道這是一場賭注。他所說的「信任遊戲」，不是信任他本人與否的遊戲。這一局，賭我們是否相信眼前的人就是命中注定。

燈號轉綠，他再次拉起我的手走。可能只是我的錯覺，他在這裏牽我好像牽得特別緊。我偷看他眉目間的不安，把我帶到一個未知的國度他也有自己的恐懼。怕會迷路，怕陌生的語言，也怕我走丟。牽緊一點，就以為即使發生甚麼事至少還有對方。

人在異境，我對距離的概念更加模糊。不知道走了多遠，阿草把我帶到了一家小小的咖啡廳，門外以至店內都種滿我說不上名稱的植物，配上人造的鳥鳴聲，整個佈置讓人猶如置身熱帶雨林。趁他離開座位的時間，我從背包躡手躡腳地掏出手機，連接這個高端雨林提供的網絡。社交網站說我收到了一則新私訊，我急不及待的按進去，但來者不是陳家豪。

「我回家發現你的護照不在，撥了半天電話也沒接通。」
「你出國了？」

　　平白無事也不回家一趟的母親，竟然挑上我不在家的幾天回來了。其實我大可以直說不誤，反正我又不怕被罵。母親知道就算了，我最怕的是陳家豪會知道，而且此事亦已經發生，成為無法扭轉的事實。我可以做到只有真誠道歉，讓他相信我沒有忘記我們的花見。

　　噗噗。好玩嗎？

　　小木偶。自從給我留下依賴說謊的後遺之後就一直沒出現，我罵它也叫天不應叫地不聞。

　　這次你又想怎樣。

　　我只是想關心一下，問你好玩嗎？

　　日本還好。反正現在沒心情——

　　我不是問你日本好不好玩。我是問你，出軌好玩嗎？你別誤會，我沒惡意。我來是為了給你一個建議。以往你都說我在迫你說謊。或許是的。但這次，我給你選。既然你在心底或多或少也想騙母親，按照我們的交易，現在你對她所說的謊都能成真。

　　思緒太紊亂，我放棄思考而直接問它，所以怎樣。

　　你想過向母親撒謊，說你沒和男朋友私自旅行。所以如果你選擇說謊，實現後母親不會知道你偷偷外出，陳家豪也不會知

你沒守好花見的約定。

你的謊言將會完全抹走這個事實。

那就代表，阿草給你準備的旅行也會化為烏有。別擔心，他不會知道自己有這樣為你做過。

……

說好的，這次由你全權選擇。你要說謊嗎？

　　空氣流動，花瓣沿著看不見的氣流蜉蝣。我看得定神，掉落之際，每瓣都掠過很多片段。如果花期過後，落花實屬正常的話，那麼繁星是不是有天也會過期然後掉落？這樣的話我想撿一顆給陳家豪。他還沒告訴我埋在宿營山上的願望囊是甚麼，但我想為他實現一切想要的事。

　　在日本的最後一天，阿草帶我乘上電鐵，往一個更遠的近郊看櫻花。他說昨晚特意去查看別人的遊記，該處的櫻花應該是粉紅色的。

　　「就像你想像中一樣。」他戳著我的腦袋，彷彿這隻食指有著可以存取想法的魔力。我沉默不語，他絕對不會想看到我心目中的花見。

　　但他說得對。我們花上兩個多小時來到一個我連名字都忘了的小鎮。我不曉得他是如何找到這個地方的，沒有翻譯成英語或簡體字的路牌，也沒有任何提著照相機的遊客。只有穿著拖鞋踱步、提著塑膠袋的住民，見到外地人明顯覺得稀奇，卻親切又含蓄地用微笑問候。

　　在我幻想中出現過無數遍的櫻花海，的的確確就投影在這個山巒綿延、到處都有小橋和流水的地方。通往鎮內一個寺廟的山道長而寬闊，放眼目光也落不到盡頭。櫻花樹在兩旁夾道而生，頭上盡是被微風溫柔拂過而飄落的花瓣。

　　櫻花步道末端傳來深沉渾厚的敲鐘聲。不是風鈴輕快的叮嚀

嚀嚀，而是沉實的每一下噹、噹。如果風鈴的小跳步是撩動春心，那麼銅鐘的每一步都莊嚴而神聖。

「你知道嗎，」阿草突然說：「日本人相信櫻花樹上住了神明。我想是真的，所以這裏才會漂亮得誇張。」樹的枝椏繁盛而密集，加上我們在遊期間正值「滿開」，從樹底看，櫻花茂密得使人無法望穿藍天。可能，裏面真的住了神明。如果是這樣的話，祂們會原諒我嗎？

就在此刻，遠處又傳來悠揚的敲鐘聲，餘音裊裊，我頓時覺得這片土地像被灑了金一樣無比神聖。放眼盡是沒有盡頭的櫻花樹，此地諸多神明眾目睽睽，我不敢說謊，不敢騙阿草說我最喜歡他。

我偷看阿草，花瓣卡在髮梢上。他終於發現到我在偷看，展露出我前所未見的真摯笑容。綻放笑容的一刻時間突然慢了下來，像用幾倍的慢速來播放花卉盛開的過程。世界還在流動，只有我和他慢了下來，為的只是想讓他多笑一會。對於不怎麼愛笑的他，此刻來得特別深刻，深得我再也不敢說謊。

「阿草，」我把視線定在地上的花瓣，微微濕潤：「我有事要告訴你。」

我不會以謊言去消除這次旅行。雖然此行使我破壞了和陳家豪的花見之約，我無法想像他的痛苦，但這種是具有名狀的痛苦。陳家豪可以哭喊，也可以罵我。

可是如果我篡改了現實，強行使這個本來存在的美好回憶消失，於阿草於言那是一種不具名，也無法言諭的悲傷。縱然腦海的記憶會被刪除，但我一直相信心也有它的記憶。無緣無故丟了甚麼，最痛苦是你連它是一樣甚麼也記不起。

兩者相論，我更不忍阿草來承受。

接下來決定要做的事，我不敢說成是贖罪。就在眾多神明見證底下，以自白來停止這份罪孽再加深。

說好的，花見之時就要公告世界。

這是我們說好的。

◄◄　▌▌　►►

挪威劇作家亨利·易卜生寫了《玩偶之家》，我在看的時候有過很深感受。故事講述一個丈夫對妻子關懷備至，所有事都為她安排周到，甚至待她像寵物多於情人。最終妻子決意離開丈夫，去過自己想要的生活。故事取名為《玩偶之家》，因為妻子看似養尊處優、生活無慮，但其實把目光拉開，她一輩子都被困在佈置精緻的玩偶屋內。最可笑的是劇中妻子也背著丈夫，跟他們青梅竹馬的醫生有染。外面世界也許顛沛流離，但看過外面的人已經很難安於玩偶屋的粉飾太平。

「記不記得那齣電影，」沒有任何心理準備和說辭，此刻就由直

覺掌舵：「『睡醒後你還會愛我嗎？』」

　　我索性關掉了自己思考的按鈕，繞過腦袋，直接將心臟的資料連接至嘴巴。最真的說話不需要太多理性來過濾。

「在你真正地睡醒以後，可能會有點難受的揉開眼睛，你就會發現……」關掉腦袋，喉嚨還是會打結，有些說話我知道不應該說出口，儘管有很多不該做的事情我也做了。

「那個好的我留在夢境那邊了。在現實的我是個你無法想像、最差勁的人。」你喜歡我，只是因為你身在夢中，睡得太沉。最理智的你也忘了自己在做夢。

　　聽罷，阿草沒有給予任何反應。只像以往一樣，五官平靜，嘴角對我永遠微微上揚。

　　說謊不難，我們誰都會說。此刻最讓我磨折的，是世界不可能拆穿一個已變成現實的謊言，卻偏偏讓我記得自己欺騙過他。

　　木偶降說會幫我實現一切謊言，讓我成為世上最後一個保有真相的人。我現在才懂。他的意思其實是，我是世上唯一一個可以拆穿自己的人。

「所以，我要跟你說一件事。」拆穿這個謊言，永遠不能假手於人。與陳家豪有關的這個謊言，無疑是我有生以來最害怕被人拆穿的一個。無論如何，我也不願意讓他從別人口中聽見這件事。

「所以，你可以不要說嗎？」阿草說話，上揚的嘴角有點不穩定。他正在花費很大的努力去抑住內心的翻波和情緒。他不斷向自己下達命令，就如小木偶指揮我一樣。不要發怒不要傷心，你要微笑你要愛她。

　　明明我好不容易才可以下定決心來停止這一切。我永遠不能像阿草一樣抑制自己，這種渴望坦白、渴望從謊言裏釋放的心情從未試過如此強烈。

　　對。其實小木偶迫我說謊，卻沒有不讓我在之後坦白，承認我騙了他。它沒有不讓我這樣做。我敢去騙人，卻不敢去承認並尋求原諒。讓謊言一直留在世上的人是我，沒有其他人。

　　直至這刻，我想把一切都完結。

「如果我不說清楚，我們眼前的一切都是假的。」我說。

　　阿草更用力的抿住顫抖的嘴唇，藏在衣袋內的拳頭握緊。

「你可不可以，不要叫醒我？」

　　我們生活的片段是醇茶，溫馨不能一下子就嚐出，留在齒頰慢慢散發的餘香才是無窮。今早我們很早就出門。阿草習慣早起，我賴在床上不肯起來，口齒不清的嘀噥讓我再睡一會就好，一會就好。

「這回到我要賴床了。」他想要吐吐舌頭去裝可愛，但今次實在太勉強：「真的，就讓我多睡一會就好。」

「不要叫醒我，就這一次。」

　　就這一次。我多想告訴他，其實就這一次我騙過你。

　　到底他是在甚麼時候知道的？在我熟睡時偷看我的手機？被同學撞破我和陳家豪外出？還是在我家枕頭底翻到了他的來信？到底，我們哪裏出錯了？我們去哪都很小心，哪裏都沒錯。最錯的不過是在鐘樓分秒不差的時鐘。

　　現在我很清楚知道，阿草是一直背負著這個真相而繼續和我在一起的。我不能想像這件事的重量，大概會比我們快樂的時光更重。因為我自問沒有能力給過他太多的快樂，更多是他給予我的陪伴和照顧。

　　他不讓我坦白，不讓我解釋，不讓我道歉，也不讓我離開。看穿我的難過，他拉拉背包的肩帶，深呼吸。

「其實我不介意，你喜歡自己多於喜歡我。」他說，因為他也喜歡我多於他自己。

　　說罷，他從背包掏出一個棕色的小紙袋。背包太多東西，紙袋被壓得有點皺，正中戳有紅色的油印，大概是某種徽章，整個包裝很是日式。

「拆來看看吧。」

「現在？」這種氛圍太不對勁，得知情人出軌後還送她一份禮物，這是哪門子的劇情：「這裏？」

他點點頭，我覺得他連一點悲傷都沒有。

秤在手上，紙袋沒很重。我隔著包裝又捏又摸，還是不能說清裏面是硬物還是軟物。答案揭曉，那是一個長方形的布製物，應該包裹著一些卡紙之類的物體保持形狀堅挺。布是櫻花的粉紅色，上面以有點扎手的金線繡上「緣結御守」。

「第一天我們路過了神社，但你似乎沒有留意到，於是我便把你使到旅客中心。」他說話的時候把眼睛都放到御守上。「這是守護符，祈求戀愛順利的守護符。」

所以，我們做個約定好嗎？

他拉起我的尾指，和自己的扣緊：「我不說，所以你也不要說。」那是一個含蓄的微笑，一點都不假。

他逕自走向回程的路，裝作腳步輕快，我還愣在原地。櫻花樹下，他鼓脹的背包好像特別沉，載有他精心準備的旅遊書、記下笑臉的寶麗來相機，還有我的秘密。

這個背包讓他走得很緩慢。該走的康莊大路沒走，反而跑了很多徒勞的羊腸小徑。

花見

「背包重不重？」我喊停了緩緩前進的他：「太重的話，可以放
下──」

　　他駭然止步回頭，笑容未卸下。同樣溫柔，輕輕用食指豎在
唇前向我示意：噓──

海鷗、電單車、貓。

它們化成影子灑落在電車地板，偶爾會被飛快掠過的電線桿打斷。我一直看得入神，想起了家中的窗。童年歲月，天花板上的倒影就是安眠曲。有時候看起來像一朵花，探頭往外一看才發現是路人在撐傘。任何幻象被看破，都寫實又平凡不過。所以對待幻想就好比看待泡沫一樣，不能觸摸也不可以留住。放著不管，看它在空氣冉冉攀升又悄然消失，這是自然定律賦予的美感和詩意。

如果我們在這刻分開，也許就是最美的狀態。

但阿草迫我打勾，我們誰都不說。我們在旅行時他買了一件風衣，全黑色也沒有甚麼款式。我問他這有甚麼特別的，要專程來買。他說在網上看中很久，這個牌子出名耐用。他從來不在追求最美，只求不失去。我有點懂得他尾指的勾。

從日本回來以後，我和阿草繼續上學，下課後也繼續和陳家豪寫信。阿草每次說起旅行的事仍然十分興奮，他還說八月秋田有燈祭，我們暑假再找機會溜開去。我不懂得為甚麼同一個地方要去兩遍，有機會的話去別個城市不好嗎？但我想正是因為他念舊，所以才不離開我。

他到底是一個最稱職的演員，還是一個最包容的男朋友？請饒恕我，但這段日子下來，一些或會被認為顛覆性甚至歪理的想法經常在我腦海浮現，而且越發頻密。例如我經常會想到底誰發

明了「專一」這個概念，然後又用上甚麼辦法去說服整個世界遵從這一套？我想我們要先定義戀人和朋友的分別。朋友可以有很多，但情人只要多於一個就會遭人垢病。兩者都不過是一段關係，為何對待情人的關係就要嚴苛得多？

說得言之鑿鑿，但其實都只是說說而己，我還沒有推倒定理的勇氣。在現代的規範中，出軌自然是不對的，因為它違反了一夫一妻這個不知道意義在哪的規制。我也認為我需要遵守這些愚蠢的規範，不是因為我同意，只是因為我活於贊同這個想法的社會之中。可是我不能抑止這些反對的聲音每天反反覆覆地閃現，情況有點像中毒軟件，關上了一個視窗，接下來又無緣無故自行生出兩個視窗。你關的速度永遠趕不上它的生長。要我抑制想法，就是這樣困難和困擾的一回事。

可能其實，他不是演員，也不想要包容，只是簡單的怕受傷。

◀◀　⏸　▶▶

因功課繁忙而暫停了一星期的深宵電台今天回來了。自從我們不再在同一個地方，我們一首歌換一個故事的習慣由每天一次變成三天一次，在他繁忙的時間甚至是一星期一次。我在這邊的生活沒變，為他準備了好多用心寫的故事，等他甚麼時候有空上線，我已經挑好要說哪一個。

他是我們之間的唱片騎師。中四作鄰時他會依照天氣、上課的話題或圍繞身邊發生的事來選歌，總是可以把看似說得漫無邊

際的主題扣連到我們的生活上。他是第一個讓我覺得原來聽流行曲也要如此努力的人。以前我覺得努力的人是他，每一首歌的歌詞、製作故事，甚至音樂短片在說甚麼，他都倒背如流。所以他才能在眾多歌曲中，挑出最適合今天的一首作循環播放。

可是自從我們在一起，努力的人變成我。我喜歡看故事，因為裏面有很多情感可以代我抒發。他的情感同樣很多，但他不寫淺白的故事而選擇用歌詞作掩飾，悄悄告訴我他想和我說的話。

例如我們在宿營偷溜出來深宵登山，他讓我聽《全世界失眠》，其實是在問「想起我的時候　你會不會　好像我一樣不能睡」；

在鐘樓的一晚是《幸福摩天輪》。他知道告白後的路不會易走，但留下遺憾更不好受，所以才跟我說「甜蜜中不再畏高　可這樣跟你蕩來蕩去　無畏無懼」；

臨走前最後一次見面，給我留下了《綿綿》的無力，牽著我說「一次愉快的睡眠　斷多少髮線」。

闊別一星期聽著他給的推薦歌，默默咀嚼他的考題再慢慢雕啄我的答案。我享受思考這種不知何時才會想得通的謎題。

「從月球觀看　難辨地球相愛跟錯愛
三世書不會記載　情繫我這半生的最愛」

　　我本來以為異地戀不過是少了見面，我們仍然會像以前一樣無所不談。至少這是生離而不是死別，只要同在一個地球就一切都不會變。他只不過是搬家，搬到一個要坐飛機才能到達的地方。飛機和巴士，都不過同樣是公共交通工具。

　　我以為我們只是換了個時區，後來才發現他是到了別個時空。我們明明只差數小時，卻總是抽不到十五分鐘來好好聊天。在阿草帶我去看櫻花前我從未出過國，我不知道他所在的澳洲是一個怎樣的地方，住學校宿舍是一種怎樣的體驗。後來我就知道不只是時空變了，而是我們早就處於兩個不同的次元空間。

　　以前明明我們都在孤島以音樂和故事填充周遭的空白，為甚麼他要前往那個熱鬧的城市來顯得我這邊更冷清。

　　這次他寄來的信比往日要重，裏面肯定載有比文字要多的禮物。他寄來的每封信我都會抑制住興奮，輕手拆開信封的黏貼。他給的東西，哪怕是一張紙一個字都珍貴，我想盡量保留完整。收到禮物後還能遇上他在線，實在太幸運。

　　「雖然從來未見過你戴首飾之類的東西，但我想這個你應該會喜歡。」他給我寄來了一條壓花項鏈。我不知道那是甚麼物料，看起來像泡沫包裹著一朵乾透的花。花朵於我們有特別意義。多虧了他我才開始喜歡花，也喜歡自己。尤其是象徵我們約定的櫻花。

　　「你常說花枯萎了就不好看。」他說：「這一朵，應該永遠都會這樣好看。」離開了一段時間，他打字明顯沒以前快。

「花見，你答應過我的。」我指的，是他答應過長大後會帶我去東京所看的櫻花。不是秋田的櫻花，和阿草去看的不一樣。

他說：「我也記得你答應我的。」我答應過他，花見之時就我們就公開。再沒有別的理由和藉口，我知道這回事已經拖得太久。

「雖然是乾花，但在澳洲能見到櫻花也太稀奇了。」他說：「這是在墨爾本的週末市場買的。店主剛從日本回來，弄了一系列的櫻花產品。」

「慢著，墨爾本？」我不禁感到疑惑：「你不在悉尼嗎？」
「悉尼悶壞了。趁著週末沒有課，我便和幾個朋友去墨爾本玩。」

「真的沒問題嗎？」我在網上搜尋過，這可是要坐飛機或通宵火車去的。

「當然沒問題，下星期五晚我自己還會再去一遍。所以不要等我上線了。」

接下這一句，我久久沒有回覆。他讀懂了對話框的空白，接著又說：「我去看看有沒有東西買給你。」

明明花朵凋零就是一種失去，他卻有著能讓它變得美好的魔法。我戴上壓花項鏈，默默渴望他對我的感覺也能像乾花一樣恆久不衰。

如他所言，從週末開始就沒有上線。我關上電腦，寫起新故事來。這是個關於筆友的故事，在職場漸覺迷失的中年大叔搬家，因為一件前戶主留下的失物而和她互通電郵，繼而追隨她的步伐去環遊世界的遊記式故事。雖然我只去過一次旅行，但故事就是要夠天馬行空才有趣。因為每人走過的街都是一樣，只有我們的想像才是與別不同。

待他回家上線後，我就說給他聽。我這樣盤算著。寫了大半天，開始入黑，我在家仍然不開燈，就掀開窗簾的隙縫來偷光。在黑暗寫作感覺比較好，尤其是寫給他的。不被發現最好，大概只是無聊的安全感作祟。

星期一他應該從墨爾本回來了，環遊世界的故事還沒寫完，我打算先把第一章告訴他。但他沒有上線。星期三，星期四，星期五，走過週末再回到了星期一。他仍然沒有上線。可能是又去旅行了。兩星期過去，電腦沒有收到他的私訊，信箱也沒有他的來信。我上次寄出的信應該到了。沒空回覆也不要緊，只要他看到我的信就好了。

一個月後，環遊世界的故事也寫完了，他就像人間蒸發一般。我在電腦前吃飯、在電腦前寫故事，甚至在電腦前睡覺，都是為了捕捉他上線的一刻。我又按捺不住，再動筆寫了一封信給他。他該不會是發生了甚麼意外吧？

然後在我把信寄出的翌日，終於等到一封薄薄的信。那封信上的郵戳是在一個月以前。平日只要大概兩星期左右時間就能收

到信件，我看是因為某些原因而延遲了。屈指一算，也就是說這封信是在他跟我最後一次私訊前已經寄出的。

打開了那封讓我望穿秋水的信，他仍然用黑色鋼珠筆寫著纏綿的字句。一個月，三十天的時間沒有很久，但足夠他變得不再喜歡我。

指尖在文字上遊走，我想要感受他的筆觸。他寫字很輕，幾乎不在紙上留下一道坑紋。接下來的一個月我沒再收到信，但我仔細地重讀著他寄來的每一封信，發現他寫的逗號沒有糾結的圈，只有灑脫的一撇；每次寫完「我」字之後又總會留半格空，我想那是留給我的位置。

在翻閱信件時，我見到才想起他之前說過悉尼海邊有一個遊樂場，於是構思了一個關於小丑的故事，但他不來信也不上線，我沒有辦法給他講。我掏出了厚厚的一疊信紙，寫下了小丑故事的第一章然後寄給他。

當我將小丑故事的第六章連同幾支黑色鋼珠筆一併寄出時，他已經有三個月沒有給我留下一句話。我再次翻出仔細收好的每封信，由第一封到最近一封重讀一遍。

直到這刻我仍然相信，那只是最近一封而不是最後一封。我不是刻意要重看他寫的信，只是過得太久，我怕自己開始忘記他的筆跡是甚麼模樣。至少我手心的櫻花還沒凋謝。讓自己投入信件，築起一個他仍然喜歡我的時空。

升中六的暑假，我看了幾齣穿越劇。男主角返回自己的朝代或時空後，女主角發現她跟他拍的所有照片中，他都消失了。只剩下女主角一人與空氣合照。現在我想找一張我和他的合照看看，卻怎麼翻也找不到。他跟我拍過的唯一一張照都留在他的眼眶裏，一併帶走，也一併消失。回想一年前他像傘兵一樣毫無預警降落到我的生命中，翻過我艱難築起的圍牆而佔據了整座城堡，然後現在一聲不吭就撤退了。我埋怨過他為何連再見也不跟我說一聲，後來我記得，是我追他說「待會見」的。他也跟我說過，「再見」兩字有多難開口。

他離開了但習慣猶在，我繼續看很多故事也寫很多故事。曾經聽說過一個故事，有個旅者來到一個小村落，他留意到村民每天都會輪流走到一個老婦門前給她讀信。旅者很好奇，村民告訴他老婦的丈夫在十年前遠行，臨回來的三天前給老婦寫信，兩天前、一天前也有寫。老婦年紀老邁，也不識字，村民就每天給她讀信的內容。結果是丈夫就在回來的那一天意外死了。村民不捨得老婦傷心，便繼續給她每天讀那三封信。老婦腦袋也不靈活，每每都以為丈夫快要回來。她抱著這樣的假希望渡過了餘下時光，就連她在生命中的最後一天也以為丈夫明天就會回來。看到故事的最後，我還是相信在她離世後的確會和丈夫重遇的。

我抱著他寄過來的十多封信，希望也能像老婦一樣糊塗，可以騙過自己他很快就會回來。

可是我只有在這刻頭腦才那麼清晰的知道他不會再回來。不論是香港還是我的身邊。直到近來我開始質疑，那半年所發生的

一切究竟有沒有在真實世界存在過。可能像《多啦A夢》備受爭議的那個結局一樣，我只是一個精神缺失的人，對著家裏白茫茫的牆做了場不可能的夢。堵住耳朵，我仍然能聽見他在哼歌。有人或無人說話的時候，他說過的話都會在該死的循環播放。

放假的日子要不是和阿草約會，我可以除了上學以外都不出門，窩在家裏看小說。他消失了接近五個月，我再沒有寫故事，也沒再往他的地址寄信。看別人的故事能讓我沉溺，沉溺就能不想他。冬天在我不停自我麻醉的同時悄悄來了，街上的人也換上了厚重的冬裝，阿草戴上了我上年聖誕節送他的圍巾。

「今天球隊放假？」我問。

「沒有，」他說：「我是請病假的。」我先是一怔，他平日對待訓練一向很認真，即使是真的病了也從不告假。升上中六，阿草幾乎已經肯定將來會朝這方面發展，所以對於每次比賽和選拔都特別緊張。今天無緣無故裝病請假來得有點不妥。

「沒有不妥，」他一邊說，一邊幫我整理好頭上的毛線帽：「只是兩週年紀念日，我才不想和隊友過。」

遲鈍的我這刻才想起原來已是十二月，今天是我們的紀念日。自從和陳家豪一起，我已經沒有好好想過和阿草的事；陳家豪離開以後，我也沒有心情去理會身邊發生的一切。

「這個送你的。」他打開寬大厚實的手心，那是一條水晶項鏈，五顆水滴形的水晶砌成了一朵花。看到吊墜的一刻，是我在這幾

個月來第一次由心而發地微笑。

「我幫你戴上。」他總是一貫地細心，走到我身後才定了下來：「你今天也戴了項鏈？太好了，買的時候我還怕你不戴這些玩意。」

他接著所說的話也進不了耳朵，我伸手摸索頸上，陳家豪給的壓花項鏈還一直戴住。水晶項鏈的鏈扣小得像米粒，他幾經辛苦才終於解開。

「那麼，這個先幫你拿下？」他指那條壓花項鏈。

家豪離開後，他以前寄給我的信和這條項鏈成為了我精神的最大支柱，是它們提醒我陳家豪這個人的的確確在我生命中出現過。頸繩是用皮革做的，不怕沾水，所以我連洗澡睡覺也沒有除下，在他音訊全無以後亦然。好幾次我緊緊捉住壓花吊墜，也不捨得放手。我怕這朵花一不在心上，我也會自此離開他的心。

他說過，他是住在花蕊裏的鳶。

阿草以為我在發呆，再次問幫我除下舊的項鏈好不好。我深呼吸，搖搖頭，說可以自己來。於我而言這不是動作，更似是一個儀式。放下他這件事，我也不能假手於人。

壓花項鏈從頸上再次來到我的手心，心頭的重量頓時輕了不少，此刻才發現原來他在我心裏佔得那麼重。

「兩週年快樂。」阿草滿意地説。

　　我微笑點頭，兩週年快樂。

　　愛若難以放進手裏　何不將這雙手放進心裏

「我沒有給你準備禮物，」事實上我也沒記起今天是週年紀念：「對不起。」

「不要緊，你答我一個問題好嗎？」他説得煞有介事，害我有點疑惑又不安。

　　他笑得很腼腆，甚至不敢直視我：「你喜歡我嗎？」

　　作為男生的他也只是想偶然撒嬌，説他知道我不習慣這些説話。唯獨今天，有點想聽一次。

　　除下了他手信後　我已得到你沒有

　　我不可以説謊。自從謊言引來的這場大惡作劇，我意識到謊言可以帶來多大的傷害。不只是阿草和陳家豪，還有很多很多其他不相關的人。我們説謊都有理由，但不管直接與否，每個謊言都必然會傷害某個人。這個道理，年幼的多多已經用降頭來給我上過一課，只是學得很慢的我現在才領會到。

　　尤其現在我説的謊言都會被實現，更不可以騙人。因為拆穿

自己比等待被識穿要難一千倍。

「你喜歡我嗎？」面紅耳熱的他再問一遍，只是想聽我說一遍喜歡你。

　　有些謊言，我們都不得不說。就像小木偶在旁迫使一樣。

「我喜歡你。」

　　既然都是說謊，既然都會被實現，說謊就說到底。這是小木偶說過的，說謊和壞人都不可惡，不壞到底，中途良心發現的偽善者才最該死。

「我最喜歡你了。」

　　我用力捉住手中的壓花項鏈，想要趁降頭生效前再記住一遍陳家豪。說過這次謊以後，阿草就會變成我最喜歡的人。這樣本來就很好，我們會從高中走到大學，將來成立自己的家庭。學過踏單車就知道，雙方稍有不平衡就很容易受傷。陳家豪給我上了最寶貴也最昂貴的一課，他和我在一起的時候關係對等，我們喜歡大家，但同時不讓對方感覺到完全被佔有。他離開以後，我的思念與日俱增，他不找我的時候我拚命給他寫信寫故事，輪子一有側重就會翻掉，他就此逃開去就沒再回來。

　　我只要變到和阿草一樣最喜歡對方，我們就會一直四平八穩的走下去。

「是真的，我最喜歡你了。」

説到第三遍終於按捺不住滑落一滴淚，然後第二滴第三滴，像過雲雨一樣灑下幾顆雨點就下起傾盆大雨，像陳家豪朝我揮幾下手我就泥足深陷的喜歡上他。阿草目瞪口呆的望著我，也説不出一句話。

然後他也哭了。

感激車站裏　尚有月台能讓我們滿足到落淚

男人總愛説，最怕看見女人哭；但從女人的角度來看，男人流淚好像更嚴重。我不明白他為甚麼要哭，他應該也不明白我。但我們就此相擁，如果眼淚是種語言，我們從未像今晚一樣説了這麼多的話，直至天明才拭乾被眼淚醃得刺痛的眼皮。看著對方紅得不像話的眼眶憐惜地笑起來，喉嚨和心臟一起隱隱作痛。

晚上容易情緒低落，夜的痛是氾濫且輕飄飄的。白天的痛則是殘酷而富真實感。然而這種真實和痛，同樣在於他確實存在過。想到這點我才帶笑入睡，留待在夢裏再哭一遍。

擁不擁有也會記住誰　快不快樂留在身體裏

◀◀　⏸　▶▶

一切就此結束，我每天規律地和阿草相約上學，準時在校鐘

敲響前十分鐘到達校門。上課我不再聽歌，不再傳短訊，下雨天也不再蹓出走廊看雨。有他影子的一切我都不敢再碰，怕情緒一輕觸就像當天一樣崩塌得不可收拾。

該死的一晚我夢到了和他在天台玩的信任遊戲。他讓我閉上眼，由他帶我走過窄道，在夢中我們失足墮樓，虛擬的離心力讓我渾身冷汗的驚醒了。

清晨五時，睡意全消的我不想繼續躺在床上。打開電腦，我嘗試登入社交網站又忘記了密碼，一遍兩遍。天意弄人的是正打算放棄時就成功，只是在進入頁面的一刻我就後悔了。

【你有一條新訊息 ——昨天 22：00 】

相隔半年，我只差一點點就能忘記他。就那麼一點點。看我連六個字符的密碼都差點記不起。天意弄人的是，正打算放棄他就回來了。

他的時間每一次總是分秒不差，不快也不慢的剛剛好。

花見

花，

　　我本來想說好久沒見，其實又不全然，偶然在社交網站我會看到你的照片。比起以前，阿草現在好像更喜歡上傳你的照片，我倒要謝謝他讓我得悉你的近況。你十一月的時候換短髮了，我喜歡短髮的你，梳辮子本來就不是屬於你的玩意。

　　在我這邊，時針和分針都剛好搭上十二。我知道你比較喜歡收到真實的信件，請原諒我選擇用電子方式寫這封信，因為我想確保這番說話能在今天準時傳遞給你。

　　今天是我離開香港一年的日子。這半年來你給我的信或私訊我全都收到，而且讀得很仔細。好幾次我也執起筆來要回信，但很抱歉最後沒有一封能夠寄出，還是應該說我連完成一封信的勇氣也沒有。你肯定記得我說過，「再見」兩字很難開口。我不喜歡說再見。但這段日子，我發現要承認自己的狀況也很困難。有好多次深夜無眠，我打開桌燈也想把一切和你說清楚。只是每次寫完上款就噎住，於是把信紙揉成一團再寫不下去。要是你就在面前，除了你的名字以外我想必連一個字也說不上來。

　　我不敢和你說，我的感覺淡了。一直屈居在你們的中間，你一定覺得自己虧欠了我。每當想到這裏你就會對我加倍的緊張和關注，我很清楚也很享受你給予我的一切。其實你不用內疚。回想我來到班上的第一天見到你，我就想著要是有天能讓你知道我的心意，就已經很滿足了。後來竟然也能令你喜歡上我，我覺得這世上已經沒有更好的事了。你知道這些都是真的。我們一起對

著全世界撒謊，但對你，我卻從來沒有説過一句謊話。

離開父親的管束、母親的庇蔭，來到這邊我對一切都很憧憬。我喜歡這邊的生活、這邊的朋友、這邊的所有事。我並沒有預計過你和我的新生活會有任何衝突，除非我在這邊愛上了另一個人。誰知真的一言成讖，我沒有愛上另一個人，只是愛上了自己一個人。

以前我在香港，所有事情都有既定的一套。星期一至五上學、星期二下課補習、星期六和你約會、星期天探望外婆。初來乍到，我一時三刻也擺脱不了這種跟隨了我十八年的生活方式。但漸漸我發現這裏沒有人會管我去哪、在和誰一起、測驗又考了幾分，所謂的規律並不存在。沒有管束、想做就做的生活像毒品一樣，一嘗就會上癮，然後再也擺脱不了。回想起以往那個對父母言聽計從的自己，我甚至會握緊拳頭暗暗捶胸頓足。

起初，我擅自取消了父親要我在這邊上的鋼琴課，然後離開了他們為我安排的寄宿家庭，跟幾個在學校認識的朋友合租公寓。在其他人眼裏就是那種揮霍父母金錢的紈絝子弟，但他們絕對是很好的人。天呐，我真的做夢也沒有想過能在要上課的星期三，和那幫人用學校電腦即興訂機票，當天下午就飛往大堡礁，一下子曉掉半個月課。家人知道後當然大發雷霆，差點要我馬上退學回港，但當我在學期末給他們寄了一張全科上等優異的成績單，他們就對我的放縱視而不見。喲，有點像我們的關係一樣，明明很在意也故意不問甚麼，默默維持著這種不恰當的平衡。我用他們想要的成績和名氣換來自由，只是各取所需。

自此，我就正式過著紈絝子弟的生活。我考駕照、學著品酒、玩音響、漸漸跟夜店的唱片騎師混熟。除了考試外，其他日子我基本上都沒上學。早上睡覺，下午起床，晚上駕車去夜店或者到朋友的家開派對，直到天光才回家倒頭大睡。說到這裏我希望並沒有嚇壞你。這樣放縱著很墮落，對吧？但你知道嗎，我從未試過如此快樂。一生人活了十八年，從來沒有。

以前我每天為成績拚命的讀，因為自小母親告訴我一定一定要做一個成功的人，這樣可以帶給她好的生活，可以成為一個比父親更優秀的人。我怕一不努力就會不及格，沒找到好的工作，就會變成像父親一樣在外面受氣然後把不快帶回家的人。所以我才像個白痴一樣，早上上完課後還要去補習，睡覺前滿腦子都是沒有答案的該死方程式。以前我用盡全力，每次都在拿一百二十分，甚至還在追求更高的分數。現在我學聰明了，拿一百分已經是優異生的話，你拿一百二十分就是天大的傻子。當我發現只要稍稍用力就能達到他們想要的效果，那麼利用剩下的時間做些自己喜歡的事也不過分吧？

這半年來，我跟自由交往得很好。我開始對責任這回事感到厭倦。因為自由和其他人最不同的地方就是它不用我負責任。每天要準時上課是種責任，每個下午要練琴是種責任。就連你，我也覺得是種責任。其實，曾經最叫我上心的你才是我最沉重的一件行李。

雖然我們相隔一大片海，你的性格也不黏人。我要做的只是久不久跟你通信，隨便寫點甚麼你已經樂不可支。我知道自己很

過分，但連這樣我竟然也覺得很擾人。你不會因為我忽略了你而生氣，即使你有怨言也只會收在心底。因為我們奇特的關係就是不容許我們去怪責對方任何事。真正在作祟的是我的良知。我知道我有責任跟你時常聯繫，但在心底我又覺得很煩擾。

只有沒有了任何關係，我才是真正的自由。

抱歉我闖進你跟阿草的世界。不速之客你也不必送，我自己走就好了。以前那個勤奮認真的陳家豪或者值得讓你負上惡名去喜歡，可是現在這個我實在太差勁了。既然一切皆有盡頭，我們因文字結緣，最後也讓文字為我們餞行。我想這種無疾而終的結局才是我們一直所追求的浪漫淒美。

就如東京的櫻花，也只存在於不可觸及的未來，還有借來的旅遊書頁上。花期只有十數天，你說很可惜，但若然它要開久一點，或者於我們就沒那麼夢幻和吸引。若然我們再拖久一點，或者你於我也再不會那麼完美和特別。

你們在三月就要考公開試了，對嗎？在你人生中最大的一個考試，我再不能像以前一樣給你抄襲。你能夠學著放下我們的事，也想必已經學好獨立，不會有問題的。

就像你的鄰座給你最後一個貼士。我在離開香港前，不是給了你一本電話簿嗎，那裏將你長久以來給我說的每個故事都盡可能收錄下來。要是你不想上正規大學，唸著過分正常的學科，我想這本履歷能夠幫到你不少。

你的故事我全都記得，包括你在這半年間寄給我的小丑故事，雖然來到第十七章就沒有然後，我是有點失望的，但同時又因為看到你不再依賴給透明的我寫小說而放心下來。

　　你的故事有著一種難以言喻的力量。要能感動全世界還差很遠很遠，但至少也能感動我和像我的人。

　　這次，恕我們不能再說「待會見」。那兩個字的確很難開口，但為了能和你好好道別，我會攢出餘生的勇氣說出再見。

　　說得夠誠懇，這兩個字就能變成約定了。

豪

2012 年　你的冬天我的夏天

花上半年時間讓傷口結痂，在相同位置再劃一刀的話應該也能很快痊癒。其實這樣還好，疤痕再加深多少遍，劃痕都只有一道。再漂亮的說話都不過在修飾他的過錯，最讓我生氣的是他利用了讓我們走近的文字來說分開。

我用上好多個靠街燈照明的晚上沉澱，其實他並沒有甚麼錯。最錯的事，不過是我們在一起。現在他把錯改正，卻換來我的種種怨恨。話雖如此，怨或者有很多但還是恨不下他。曾經走得如此接近，喜歡得如此深刻，深得就連精神也有著記憶。每走過一遍鐘樓想他一次，見到花開又想他一次，聽一遍陳奕迅再想他一次。就在想起他七百三十多遍之後，我也終於畢業了。

在校園的最後一天，大夥兒都在興奮地合照留影。我沒這種好興致，只得呆呆的站在走廊，等阿草和籃球隊拍照後跟我一起回家。為甚麼他們要為離別而慶祝？因為永遠不用再被罰留堂？因為永遠不用再穿校服回校？這些事情真的重要嗎，我不想離開這裏，在這裏我遇上了兩個非常重要的人。我從六樓走廊眺望地下操場，阿草和隊友站到高高疊起的桌椅上。他們擺出各種奇異難看的姿勢，害羞的阿草只在旁邊微笑附和，但我能讀懂這個笑容是真摯的。二十多個人，要拍照的話應該還有好一陣子。

我想回去。

轉身，步下樓梯。準確的拐了兩個彎後，直走第四間課室，停下。

到了。

我回到和家豪相識的地方。

　過了一整年，想起他我總能不痛不癢，但在離開這個地方的一天，複雜的情感層層疊疊交錯起來，在我不知情的情況下醞釀發酵。我怕一離開這裏，就連最後的連繫也會一併消失。

　和他作鄰座一年的事像快鏡般上映。我用力按著腦袋，想要找出那顆最關鍵的停止鍵。只是來到中四課室，又哪有可能不想起他。說穿了其實我專程回來，都不過是極其自虐地想要接近他不在的事實。

　我走到第四排，站在椅子後面，就像他還坐在這裏托頭聽歌。他說過的話、哼過的歌言猶在耳。我走近課室的電掣箱，扭開了天花風扇並讓它以最快的速度運行。課室像一個保管好所有珍貴時光的盒子，我打開風扇這個動作雷同於喚醒課室，讓它釋放替我們好好儲存、真的回憶或假的幻象。我看得異常入神。

　扇葉逆時針旋轉，想要扭轉時光。四周刮起了前所未有的大風。只要閉上眼睛再加上些許想像力，他就在這裏播放著今天的推薦歌。

　　若這一束吊燈傾瀉下來　或者我已不會存在
　　即使你不愛　亦不需要分開

「最後一天，真不捨得呢。」我和他在無人的課室裏，坐在我們的位置上。

「怎麼了，」我看不過眼他的感觸：「大文豪要為此題一首詞嗎？」他還把我的話當真，皺著眉頭苦苦思考。

「到底呀，」我輕輕靠著椅背，在課室從未試過如此無憂放鬆：「你在山上的時間囊埋下了甚麼願望？」

有好幾次他都差不多想要衝口而出，但每次總因不同的突發事件阻撓而沒有說完。日落將窗旁的儲物櫃染得又橙又紅，他的右邊臉頰如是。我們的倒影在桌上被投影出來，這是真的。他的一切都是真的。

他摘下耳筒望向我，臉頰移開了光線。

「我在時間囊寫著希望有一天，可以——」

但願能認得出你的子女　臨別亦聽得到你講再見

「原來你在這裏。」

一把男聲誤闖時光交錯的課室，周遭的幻象一下子煙消雲散。原來他如此確實的存在都能被輕易打散，那麼我們所經歷過的一切沒有一張照片能作憑證，是不是也會有天不復存在？

「籃球隊拍完照，我去課室找不著你。」他朝我走近，柔和的黃昏還是把他曬得滿頭大汗。

「你的中四課室呀，」他在黑板前來回踱步，每樣物品都湊近去看，明明每個課室格局都一樣：「我那時候只敢遠遠在外面偷看，從來沒有進來過。」他說，他不想錯過我所踏足過的每一個地方。

我沒作出甚麼有意思的回應。自從陳家豪和我說清楚，我加倍提醒自己要更專一的對待阿草。不論是否對著阿草，我也不能再說謊。小木偶已經一段時間沒出現，大多的謊言都是因為我要圓出軌之說而撒的。既然陳家豪已經不在，世上再沒有另外一個更充分的理由能讓我說謊騙人。

可是唯獨今天，我想回憶一下和陳家豪有關的事。只是阿草太真實，一打開門同時打破了我辛苦建立起來的幻覺。再一次，他沒說完時間囊的願望。如果早知結局如此，我是否還會種下那一朵和他有關的花。

阿草向我就座的方向走近，最後一排的位置。他不吭一聲就坐到我旁邊的座位上，問我待會有沒有事忙。如果沒有的話，他想帶我一個地方。我沒把心神放在他說的話上，因為他佔據了陳家豪的位置。

這個位置不是你的。我和家豪明明已經甚麼也不剩，課室最後的孤島是我們僅餘的回憶。

他把自己的身影覆在家豪的影子上，漸漸家豪的笑臉越來越淺，而阿草的臉龐卻越來越清晰實在。我答應過自己往後會更專一，只求你不要再用自己去劃破他的存在。有他的片段就只剩這麼多，他已經不會再回來和我留下新的回憶。

我在心底歇斯底里，用盡理智去阻止這一切說話衝口而出。當理智被耗得一滴不剩，感情氾濫成災悶出了失控的眼淚。

他在旁邊看著必定被嚇倒了。就像當天他讓我摘下壓花項鏈，我也是如此不能自控地釋放情緒。

「你是不是，不開心？」

我是不是不開心？這是一個哲學到極點的問題，我想哭成這樣的人應該大概也是不怎麼開心吧。阿草就是一個這樣的人，他對人不是不敏感，細心的他甚至注意到很多人忽略的細節。只是有很多時候，單純的他根本不懂得如何去處理太細膩的情緒和情感。

所以面對悲傷的人，他只懂得問一些蠢斃了的問題。所以面對悲傷的自己，他也只懂得去叫我不要說，他自己也不說。

我沒答話，他繼續問：「你，是不是有話想和我說？」

嘆嘆。

......

嘆嘆。

它又來了。

「這次你又想我怎樣？無論如何，這次──」

我知道。你不想再說謊，我知道。那就別說好了。

「既然知道，你為甚麼還要出現？」我往空氣怒哮，抬頭看著不停歇的風扇扇葉，小木偶一張臉好像出現了。

它終於也肯現身。

我爬上更接近風扇的書桌，直瞪著小木偶。這個降頭，到底還要打擾我多久？

這次，我是來讓你「不要說謊」的。

「不要說謊？」

我要你說真話。

多年來，它只要我說謊。今次卻迫我說真話。

我要你對阿草坦白一切。你說過不再說謊的，就直接告訴他你為了家豪而不開心。告訴他，他坐了家豪的位置，你氣死他了。在櫻花樹下你想的人不是他，是陳家豪。你甚至責怪過他讓你打破花見之約。

　　如果不是那一次，說不定家豪並不會離開。你說對嗎？

　　可能是的。或者小木偶說得對。

　　陳家豪離開，有很多很多的理由。我們相處下來其實沒有很常吵架或冷戰，但最讓我感到對他抱歉的還是花見那一遍。如果換著他帶了別的女生去我們一直憧憬的地方，我甚至無法想像自己會是怎樣的心情。

　　更甚的是，我答應過他：「花見之時，我們就公告世界。」

　　我沒把第一次的花見留給他，所以他也把我們可以公開的一天用分手信拿走。這是我們交往以來，最公平的一次。

　　你討厭欺騙阿草，是吧？那就將這一切告訴他。記得，你不能說謊喔。

　　說謊、坦白，到底何者更難？我懦弱得兩樣都無法做到，只好站在書桌上像一個被審判的人。扯破喉嚨想要痛哭，卻只能發出嘶啞的乾泣聲、呼吸聲，然後剩下苟延殘喘的喘息聲。

　　阿草看見我這副模樣，肯定已經擔心得要命了。可是我還需要一點時間一點勇氣，才可以將事情一五一十地告訴你。

　　我回望地面的他，卻驟見課室多了一個人，站在阿草旁邊。奇怪的是阿草看著我發狂並沒有很詫異，他身旁的人如是。

　　她是甚麼時候來的？

　　他們用看怪物的眼神打量我，但表情毫不驚訝。就像一切都在他們掌握之內。

「真的要去嗎？」阿草問道，但顯然不是在跟我說話：「或者不要今天。」

「你很清楚。」多多在回阿草的話，語氣決斷，目光還是沒離開過我。

「時間到了。」

　　　在有生的瞬間能遇到你　竟花光所有運氣
　　　到這日才發現　曾呼吸過空氣

花見

演出開始前，請關掉手機及其他響鬧裝置。
嚴禁使用閃光燈，燈光會破壞黑暗的情節。

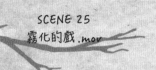

其實沒甚麼好擔心的。

　　每個星期六，阿草接我的時候都會替我買一杯熱巧克力。是的，星期六他不用再趕去棒球隊的週末訓練。兩年前我們踏入公開試試場，他目標清晰明確，不怎麼費力考獲全科合格，加上在運動場上彪炳的戰績讓他輕鬆入讀大學。

　　至於我呢，一路走來還是相當的波折。我考得的分數與大學無緣，只能勉強入讀副學士或是高級文憑之類，不過原來這些出路比起大學的傳統學科多很多。我看過一個升學廣告，內容忘了，訊息是在鼓勵畢業生要憑興趣選科。我反問自己的興趣是甚麼，沒有，只是自從喜歡陳家豪後也喜歡上說故事。所以，我想我的興趣應該是說故事。

　　畢業後，我先唸了一個和舞台藝術相關的文憑。接觸舞台這一道，純粹是因為它的面試時間比較晚，我不想早起。就是這樣一個原因，絕對和我想起陳家豪說過自己在那邊閒時會看舞台劇無關。

　　這兩年的生活和中學沒兩樣，星期一至五上學，星期六下午讓阿草帶著熱巧克力接我，和我說一遍「其實沒甚麼好擔心的」，星期日在家看故事和睡覺。課程屬入門級別，並不像一般戲劇學院專門，接觸的範疇很廣。換言之在這裏就讀的人將來都打算再升學，然後走上不同的崗位。他們大多都以成為演員為目標，其次就是對各種專門技術有興趣的人。課室的氛圍總是被這群外向的人帶動，我仍舊格格不入。

　　那時面試官問我，想成為編劇的我有甚麼經驗。有參與過外面的劇團嗎？最喜歡哪一位劇作家？以下哪齣不是莎士比亞的四大悲劇？至少也有在中學玩過話劇社吧？我全都搖頭，我只是喜歡說故事。

　　那天我甚麼也沒帶，只帶上了陳家豪給我的電話簿。

　　這是他臨走前給我的，親手記下了這些日子以來我說過的故事。就如他給過我的推薦歌，我全都儲存在一個專屬的播放清單之中。

　　寫詞的讓我　唱出你要的幸福

　　面試官捧著電話簿看了很久。整個過程讓我好不自在，因為這些故事理應只有陳家豪會看，面試官只是一個陌生人。在我忐忑之際，他終於開腔。

「最後那個小丑的故事，為甚麼沒寫完？」

　　分手前，陳家豪有好一段時間不肯理我。我像個弱智一樣繼續寫故事寄給他，小丑故事就是那時的產物。遲鈍的我寫到第十七章才意識到他已經不會再讀下去，就此擱筆。

　　分手後的一個月，我接到最後一個由澳洲寄來的包裹，裏面正是那十七封寫有小丑故事的信，除此之外一張多餘的便條都沒有。我推測此舉是他想斷絕和我一切的來往，就像分手後舊情人

會將你留在她家裏的細軟收拾好然後一箱子的還給你，而我在他身邊留下的只有一堆爛故事。好幾個晚上我沒能恢復過來，想他想得發瘋之際我打開電話簿，在空白頁模仿他的筆跡去將小丑故事的十七個章節全部抄錄下來。我沒有寫待續。長久以來我一直寫故事都是寫給他看的，既然他已經不會再讀下去，這個故事沒有完成的必要。

我如實回答面試官，他重重呼出歎息，說果然世上的故事都是由傷口寫成。

他靜靜合上電話簿，說上一句我至今不能忘懷的話：「**你的觀眾不應只有一個人。**」

唸完兩年制的課程，家裏多了一本電話簿。這本電話簿是我寫的，在這兩年，我學習將故事分拆成一幕幕不同的分場，再梳理成一句句對白。雖然功課都是用電腦交的，但在構思階段我還是習慣拿起黑色鋼珠筆，在電話簿上畫大綱草稿，寫下靈光一閃的精煉對白。

畢業後同學各自升學，我也帶著兩本電話簿去應考更專門的課程。我一直以為自己會渾渾噩噩的度日，不唸書也無法找工作。多虧陳家豪讓我愛上說故事，我才學會在虛構的情節當中找到缺口，安插自私的情感。感謝他離開後，仍然沒帶走這些壞習慣。

托陳家豪在最後一封信留下的祝福，我以一個不錯的成績畢業，也帶著幾個不俗的故事意念順利升學。我絕對稱不上擅長說

花見

故事，僅僅能感動他，和像他的人。最後我成功考入一個更為專門的舞台課程，在大學唸三年級的阿草比我還興奮。

「你比以前更快樂了。」星期六的下午，他呷著在秋天更快變涼的熱巧克力。

　　我早就習慣巧克力的苦澀，只是眉頭還是會不自覺皺起來：「是嗎？」

「我是說真的，」他更賣力的說：「其實沒甚麼好擔心的，對嗎？」他說的這句話我已經麻木了，我沒有想扯開話題，只是真的有事情想要問他意見。

「我在學校看到有製作組在招募劇本參加比賽，」我問：「我應該去嗎？」

「這個，」他聽後很是遲疑：「會很大壓力嗎？我的意思是，這會不會很難——」

「一點都不難。」我回答。這段日子下來電話簿越來越厚，都快要寫到第三本了。他還是沒表達支持或反對，我知道他的憂慮。

「要是不參加這些額外的活動，也可以畢業吧？」他這樣問，假設我其實也沒必要堅持一定要去。

「可以是可以的，」我說：「但是不走上舞台的舞台劇劇本，到

225

底算甚麼東西？」

　　他一怔，很快就回復過來：「那去試試看吧。要是不成功也沒關係，成功加入劇組的話也不要太著緊就好了。

只管記住，其實一切都沒甚麼好擔心的。」

　　本來也有想過要不要在電話簿選一個舊故事來參加遴選，畢竟當中不乏我認為有潛力改編成劇本的故事，這樣一來省時又省功夫。可是最後我還是捱了幾晚通宵看參考書，重新寫下一個。

　　舊電話簿的故事，應該只有一個觀眾。

　　我帶著新故事通過了遴選，很快便迎來了第一次能將原創故事搬上舞台的機會。阿草得知這個消息後，還是擔心多於為我高興。他嘴裏說著一千句其實沒甚麼好擔心的，要是壓力太大、做得不開心的話可以退出。其實說到尾在擔心的人只有他。

　　第一個挑戰，就是在製作組前闡述劇本意念。離開中學已有幾年，但我一直感覺自己還在課室最後一排的孤島。我不是第一次面對這麼多而專注的目光，但在中學的目光不是這一種。他們看我的眼神都像看怪物，怪在我甚麼時候都獨來獨往，有時還會自言自語，搔著不定時就會發癢發痛的鼻子。我站在排練室中央，這是我有生以來第一次，面對這麼多不帶惡意、反帶期望的目光。

「開始吧。」導演是個友善且才華橫溢的高年級生，也是他選中

這個故事的。我深呼吸好幾遍，還是沒能說出一個字。直至我把在座的每一個人都幻想成陳家豪的樣子，才能放心說出自己創作的故事。因為他每一次聽我說故事，都會說好看。

「這個故事的主角，是一個女演員。」

剛說出口便惹來哄堂大笑，我頓時不知所措，因為我不是在說廢話，我是說那個主角真的是一個演員。我連忙澄清，這次是讓一個女演員去演一個女演員，真的。

女演員年紀輕輕便入行，半紅不紫，一直只能跑龍套。載浮載沉多年，人到中年才獲得一次演女配角的機會，一次出演就驚艷業界，甚至被評為演藝圈的滄海遺珠，多年來的監製、導演都看走了眼。自此請她擔任女主角的機會蜂擁而至，一路平步青雲。

演技突如其來精湛，其實她是採用了俄羅斯戲劇家提倡的「方法演技」。第一次擔當女配角，她尤其重視。對步入中年的她來說或者是最後一次發亮的機會。為了追求演得更逼真，她強迫自己每天照鏡子照上幾小時，催眠自己就是那個角色。點餐時模仿角色說話的語氣，穿衣服也故意選擇角色的風格，就連平日思考一些簡單的問題，也會以角色的性格發展一套思維。

到了中段，身邊的人開始察覺她的異常。她漸漸過分沉醉於角色之中，例如說最近演的是個女流氓，就連日常跟工作人員吃飯、對話、行為都表現得像個市井之徒。隔天她需要演一個發展遲緩的女學生，離開片場時竟然不懂得自行回家。

她演的角色越來越多，思緒就越來越複雜。她演的角色不可能永遠是好人，潛移默化地被老奸巨猾的角色耳濡目染，總是疑神疑鬼，但有時又被善良的角色扳回正軌。善惡兩者各不相讓，互相蠶蝕她的靈魂。漸漸她開始心術不正，也找不回最初的自己。「方法演技」的後遺症逐漸侵蝕她整個人。

最後，她獲邀到海外演出現代版《紅樓夢》，領銜主演林黛玉。她知道這是她衝出亞洲的機會，好高騖遠的她更用力地強迫自己代入角色，模仿著她寫詞葬花，對身邊所發生的一切都傷春悲秋，甚至讓自己真正喜歡上飾演賈寶玉的男演員。在公演一天，演到賈寶玉誤娶薛寶釵，她就真的因痛心而死去，再沒有醒過來。

我寫這個故事的原因是在外間好像把演員的工作看得很輕鬆，我在接觸這個圈子之前也是這樣想的。演員不就是穿上漂亮的戲服，化一個好看的妝容，只消背誦對白就可以了。

一張張長得極像陳家豪的面孔拍起手來，以他的聲線說很喜歡這個故事。他們說這個故事讓不懂戲劇的人看見演員的辛酸，也能為真實的演員發聲。

我也把他們當成是他，釋出只有他專屬的微笑說，喜歡就好。他的離開使我寫故事的方式都改變了。我一天無聊翻看電話簿才發現，他說分手後我再也寫不出美滿的結局。希望他能看一次我現在寫的故事，也告訴我一聲喜不喜歡。

我對待每個故事都異常認真，就如今天我為自己挑的推薦歌

所説一樣。

　　　那是醉生夢死　才能熬成的苦

　　離開排練室，正值初冬。我從口袋掏出香煙，現在再不需要下雨天也能吞雲吐霧。

　　一齣劇的製作比想像中要複雜，籌備的時間又比想像中要短。導演決定讓我當上副導，他知道這是我第一次帶著原創故事走上舞台。想確保故事能以原來的方式呈現，他是這樣說的。

　　「明天演出我有票，你要來嗎？」我和阿草最近都沒見面。他到了內地集訓，中途休假回來又撞上我排練的時間，現在這個時間他應該才剛回家。

　　「不太好吧，我睡著的話會很丟人。」他在電話裏頭苦笑。這話不是開玩笑的，之前有套我很喜歡的日本小說拍成電影，讓他去陪我看，累垮的他睡了一整場。

　　「那我們甚麼時候見面？」明天演出後就會空閒多了，至少在另一套製作開始之前的這段時間。

　　他說下星期又要去哪裏比賽，然後又到哪裏實習：「再說吧。」

　　掛線後，我把煙蒂捏熄。他不知道我抽煙，知道的話肯定會很多嘮叨。以往在見他之前，我都會小心提醒自己要先吃兩片口香糖，指縫間的煙味很難除，記得牽他要用左手，不然就往身上噴點乾髮粉說昨天熬夜了。這些麻煩可以從而讓我稍為克制。可是這段日子不見他，也沒甚麼需要顧忌。

　　我回到工作室，看著被我寫得亂七八糟的筆記，又想點起另一根煙。即使他不來看，也要做到最好吧？

「花，」助導探頭進來：「尾班車要沒了，你今晚回去嗎？」

　　工作室牆上那個極富藝術感的大鐘說已經一點了。習慣這回事，真的很奇怪。我每次看鐘，總會把時間加上三小時，然後猜忖早跟我沒瓜葛的他在做甚麼。

　　我說不回去了，隨即戴上耳筒聽自己給自己的推薦歌。助導看慣我這個模樣，只替我靜靜關上門。出奇地在這裏我和製作組的人相處得挺好。大概他們都各有脾氣，我不是唯一一個怪人。可是在劇組的舒適帶，又和在課室最後一排不同。在這裏，我感覺每人都有一座孤島，而我們都安坐在自己的角落，不打擾誰也不白眼誰，在遙遠但可及的距離會心微笑。中四課室後排，仍然是我最懷念的一尺樂土。

　　他離開後，我也買了一部 mp3 播放機。我不是故意和他買一樣的，只是因為習慣。因為習慣，我用播放機的時候也只聽右邊耳筒。因為習慣，只聽他讓我聽過的歌。

　　距離開幕還有好幾小時，完成最後一遍綵排後，演員在後台休息。導演不習慣寫筆記，光用腦袋就記住了剛才發現的不足，把握最後機會提醒演員。演員消化著說話和晚飯，趁著空檔伏在化妝間小歇。我不想打擾他們休息，只好移步至到台上。助理們在各自的崗位忙著準備工作。我在台上俯瞰觀眾席，我們的表演只有一場。除了比賽的評審會來評核，團隊的家人朋友亦會來看，剩下的少量門票也在開場前一星期被公眾搶購一空。

也就是說，來看這個故事的人將會坐滿這個劇場。老實說，雖然這個故事是導演親自選的，可是我對它還不是太有信心。甚至因為製作組的班底都太優秀，我怕這個劇本會壞了他們。說到尾主要還是因為他沒看過。要是他能聽我說一遍這個故事，並且親口說好看的話，我想我也會更喜歡和相信這個故事能感動到人。

　　「花，借一借吧，」說話的人蹲在台上，臂上圈著電線膠紙的瘦削女助理。她是和我同年的新人，說話直率但不帶惡意：「別礙事呀。」我連忙讓開，不妨礙她工作。眼見四圍的人都在忙，我好像顯得太清閒甚至有點礙事。放眼台下，剛才空空如也的觀眾席只坐了一個人。

　　導演來年就畢業，我沒甚麼志向，也沒想過自己畢業後要做些甚麼。他曾經跟我說過，作為一個新人，要是我不是熱愛劇場的話，將來強迫自己走進這圈子必定會吃力不討好。他沒說話，只是閉上眼睛坐著。我靜靜地坐到他旁邊，故意隔上一個位置。在這裏我就發現，原來我們不是被遺下在孤島的人，而是我們都需要孤島。

　　大清早忙到現在，這才有時間坐下來歇歇。我想看看還有多久就開演，四處張望才驚覺這個氣勢磅礡的表演廳竟然沒有一個時鐘。

　　「找甚麼？」原來他一直醒著，只在閉目養神。
　　「沒有，」但我還是左顧右盼：「想看看現在幾點而已。」

　　他掏出手機，向我展示時間：「知道為甚麼這裏沒有鐘嗎？」
我把頭側著，等著傾聽他的答案。

「因為表演者在台上不應受到時間制肘，盡情感受成為這個角色
的每一秒。」

　　我恍然大悟的點點頭。「學長以前當過台前？」我聽説，導
演大多都當過演員的。而且我看他説演出的時候，嘴角還難以自
禁的上揚。

「老是提著從前有甚麼用呢。」他莞爾而笑，答得饒有意味：「它
唯一的作用，只是造就了今天的我。這一輩子我們會遇上很多人。
真正屬於你的已經留下來了。至於不屬於你的，他們在回到真正
擁有他們的人身邊之前，也留下了你所需要的東西。」

「聽懂了沒？」導演看我發呆，往我眼前揮手。我一下子答不上
話，只在點頭。

　　今早我回過家一趟去梳洗。平日我們都習慣穿黑色，在公演
的一天更是應該。站在鏡子前，總覺得渾身不自在。出門前，我
還是在抽屜底取出一條乾花項鍊。壓在心房，讓它抖得沒那麼厲
害。

　　每次我寫故事，其實都感覺他留下來了。謝幕時欠身鞠躬得
特別深。除了要感謝台下觀眾，也是為了要感謝他，成為了我每
一個故事的靈感。

距離開場還有十分鐘，後台忙得一團糟。我想竄到觀眾席找個角落站著看，卻被人從背後一手捉住肩膀。

「不是説不來嗎？」他不穿運動裝的樣子，我到現在還看不慣。

「在公開售票時我早就預訂了。」他向我展示被撕去票尾的門票：「這可是你寫的第一台劇。」

「還以為你會説看不懂。」我拿他的票來看。他想給我驚喜而不找我留內部票，但放在公開發售的都是「西位」，這是常識吧。

「就是不懂，」他步向觀眾席的山頂位：「所以要學。」我苦笑了一下，暗笑自己和他一起那麼多年還猜不透對方。

　　公演過後我終於可以好好地放假。雖然如此，阿草還在繼續他的集訓，我一直也未找到機會來問他覺得這個故事怎麼樣。畢竟阿草不是他，我寫了那麼多個故事，他這才第一次看。

　　悠長假期後回到校園，導演興高采烈地告訴我們贏了比賽。沒有獎金，獎品是另一次重演的機會。一段時間相處下來，整個製作組已經十分要好。我算不上是活躍的一個，慶幸他們只覺得我是一個比較靜的人，從來也不會投以難受的目光，讓我在這裏一直生活得挺舒服。

　　當晚一個學姐在製作組的群組中發訊息。內容是説學校在下學年有個交流生計劃，我們贏了比賽，很大機會申請成功。

　　翌日中午，我和阿草終於擠到時間碰面。

「今天怎樣？」他捧著熱呼呼的巧克力，滿面笑容的向我走來。今天是星期六。

　　我聳聳肩，將文件夾放到背包中：「還是老樣子吧。」

「都説了，」他笑説：「其實沒甚麼好擔心的。」
「我想去學校的交流計劃。」我放下了熱巧克力，根本沒喝幾口。

「甚麼計劃？」
「交流生，去別個國家的學校上課。」我挑了一個位置坐下來：「就像你去集訓一樣。」

「可是要説英語呀，你可以嗎？」他眉頭猛皺起來：「成績之類的，你不是一向也不怎麼好嗎？」

　　我沒回答，也沒説話。他重重歎息，這是他盡力避免觸及的一個話題。深呼吸，開口就沒那麼難。

「你問過醫生了？」

◀◀　　❚❚　　▶▶

　　空氣變得沉重。每個星期六，我們就在診所樓下的這個空中公園坐著閑聊。每次等我的時候，他都會在同一間咖啡廳買熱巧

克力給我。醫生說過，巧克力能刺激安多酚，吃多點人會沒那麼
焦慮。

「今個星期怎樣了？」醫生每個星期一樣笑容可掬，我也想學學
她。

「考不上大學，挺好，但那個戲劇課程總算取錄我了。」

「是嗎？我不知道你喜歡戲劇。」她嘴裏是閑聊，手卻在默默抄
錄下來。越是裝作自然就越是刻意。

「我也不知道，」我在椅上伸了一個懶腰：「我只是想找個地方
寫故事。」

　　趁這個機會說一下，我本來也以為去見精神治療師是躺在催
眠椅上的。可是原來都不對，我和醫生每個星期不過坐在一間辦
公室似的地方說說話。電影和電視誤導我們太多，但我願你們都
不會有機會去拆穿這些謬誤。

「花，其實我不知道應否鼓勵你寫下去。」醫生收起了笑容，字
正詞嚴。「你知道，我始終認為你的病和這些過剩的想像力有
關。」

「想像力是好的，有幻想也是好的，這樣絕對沒有問題。」醫生
多番強調這一點，她常說不想剝削我唯一的興趣和寄託。「可是
當你無法分辨現實和幻象，甚至被幻象影響你的生活就是問題

了。」

　　很大一個問題。

「今天男朋友也來接你嗎？」她微笑，合上文件夾，著我記得下星期覆診。

是的。此事我責無旁貸。

一切都由生日會的「收買佬」遊戲開始。那年我六歲，異常的執著，也異常的好勝。生日會當天下大雨，來的同學沒幾個，我心情已經不怎麼好。上個月大姊辦生日會，她全班同學都來了。我不想輸人。

派對上我們玩「收買佬」，其中一局要找紅色鈕扣。有個不太熟稔的同學比我先找到，我問她從哪撿來的，她竟然說是從地上撿來。我明明就看到她從一個老伯身上偷來。是，我肯定她是偷來的，因為老伯一直都在睡呀。

她說謊，害我輸掉了遊戲。我懷恨在心，所以當主持人讓生日的我出題時，我是故意這樣做的。

「生日女孩，你想我們今次找甚麼？」主持人和藹可親的問。她是個好人，但一直都在找鈕扣、襪子和口紅這些實在無聊透頂。我看著來的幾個同學，不計上我當主持的話這局參加者有七個，很好。

「大家要聽好，生日會的主角要出題囉。」所有人的目光都在我身上，我喜歡。今天的主角是我才對，如果可以，我希望我每一天都能做主角。

稍稍扶正生日帽，清清喉嚨。聽好了。我把目光放到騙我的同學身上。我不管你是誰，但今次你找錯人來欺負了。

從來沒有人可以贏過我。

「今次，」我擺出最天真無邪的乖巧笑容：「我們鬥快找『朋友』。」

　　冒著大雨來參加的同學都是我在班上最要好的幾個朋友，他們幾個本來就特別熟稔。如我所料，在班上比較靜的她就落單了。

　　你輸了。

　　我以勝利者的眼神看她，看她瑟縮，顫抖偷看旁邊的人圍在一團。

　　是的，相命先生說過我一世好運。但他的下一句是，運氣還是要努力爭取的。

◀◀　　❚❚　　▶▶

　　醫生說，說謊是一種自我保護機制。

　　我刻意忘記多多嘲笑我沒朋友的事。喪失這輯片段會造成記憶的缺失，為了填充這段空白，我的腦海非常聰明地創造了一段不存在的記憶。

「可是，小木偶真的有出現！」我努力想要說服她，甚至嘗試模仿小木偶的噪音：「它一直都在和我說話，迫我說謊！」她冷靜地傾聽著我所說的話，我發誓這些都是千真萬確的，真的！

真的。這些都是真的。

「我推測你每次說謊，都是你感到惶恐不安的時候。」她的語氣小心翼翼得來又堅定。她堅信自己的推論是對的，只是怕觸動我的情緒才多加字詞修飾：「對嗎？」

我嘗試回溯小木偶以往要我說過的謊。小時候在街上有人來向我問路。獨個兒在街上碰見陌生人，還來向一個小孩子問路。我在心底覺得有異樣，小木偶就迫使我指他走一條和我相反的路。

小木偶是真的。

祖母聽說我在學校被排斥，問我過得怎樣。小木偶迫我說自己沒事，我過得很好。

剛和阿草開始談戀愛，生活一下子由一人變成兩人，他放學後總會拉我去哪看電影逛街，我其實不太習慣，第一次談戀愛的我也覺得兩個人獨處太久頗為尷尬。所以有一次他又約我，小木偶迫我說放學沒空。

「那些時刻，的確是有些不安。」我討厭承認，但更厭倦了說謊。「好，那麼我就此推論下去，」她以更堅定的眼神看我：「既然小木偶不存在，所以也沒有人迫你說謊。」

聽到這話，我不禁起了滿身疙瘩。這十多年以來，降頭都不存在。我沒有降頭的詛咒。

「沒有小木偶的話，」我問醫生，始終不肯承認這種假設：「到底是誰？」

其實答案呼之欲出，只是由醫生說出來好像來得比較真實。

小木偶不是真的。

那些都是我想說的謊。

「你不願面對家人知道你的苦惱，所以要騙祖母；你也不能適應談戀愛後，男朋友一直在侵佔你的個人時間和空間。這些都是你在不安的時候，為了保護自己而說的謊。某程度上，我可以說這是你在逃避嗎？」

小木偶還有一次迫我說謊。我跟陳家豪互相表明心跡後，他在鐘樓的海旁問我到底想怎樣，選他還是選阿草。那次，小木偶又迫我說謊。他迫我說，我兩個都想要。

「那是，我在逃避嗎？」

我至今仍不相信有關小木偶的事都是由我虛構。它的指令聽起來如此真實堅定，給我的痛覺又如此刻骨銘心，這些都是我在無中生有？

醫生抬抬眼鏡：「如果現在我再問你一次，他和阿草你選誰，你能夠作出選擇嗎？」

她知道了我所有的事，包括我兩個最怕被人知道的秘密。一個是降頭，一個是陳家豪。

「我根本選擇不了。」
「你選擇不了。」她重複著，再次肯定這個事實：「因為你兩個都不願放棄。可是當時的你不敢承認，在陳家豪的面前更沒面目承認。

所以你製造了小木偶。

小木偶迫你說謊，你不是自願，都是被迫的。

你不想騙祖母你沒事，都是小木偶迫你的。你也不想騙阿草你沒空，都是被迫說謊的。最重要，你也不是多情的人，一切都是小木偶。

全部都是小木偶的錯，與你無關。這樣一來，你就不必負上任何責任。」

我努力回想和小木偶經歷過的一切。曾經我為自己被下降頭而感到好苦惱，甚至好想一切重來寧願自己沒有活過六歲的那一年。

「小木偶，」辦公桌上有鏡子，看著內裏倒影感覺好陌生，這個人不可能是我：「小木偶是我製造的？」

「在生日會被多多嘲笑沒朋友，那次是你人生第一次感到最惶恐不安的時候。

你牢牢地將那種感覺記住了。有種人會相信一切有因，小時候的你覺得自己不會無緣無故就被欺負，一定是你做錯某些事了，這個是報應也好，懲罰也好，只是一個原因。於是你將它連結到你最近做的一次錯事上。

就是在生日會上，你騙多多鈕扣是撿來的。

你深信這樣騙人是不對的，所以多多才會這樣對你，事實上多多在郵局向你道歉也沒承認過向你下降頭，她是因為當眾奚落你而一直心裏不安。先勿論她的道歉是否真誠，至少她描述當時的情況是可信的。

多多於你而言是那麼強大，富號召力又受歡迎。然而最奇妙的是，你竟然贏過她一次。正是你對她說謊的一次。

試想像你的潛意識一次過蒐集了這些資訊的碎片，再胡亂地從中加添連接詞。人類有很強的自我保護機制，會選擇忘記某些事，也選擇把某些事記得非常牢。你的意識刻意忘記多多要你當眾承認自己不及她受歡迎，但同時你的意識又沒有忘記這種恐懼。反而記住了只要說謊，就能贏過這種強大並看似無法克服的存在。」

　　以前好一段時間，我不肯承認自己中降。我不過是對一個不太熟的同學說了個謊，為甚麼就要落得這種結果？現在，我更是

不肯承認這些都是我的妄想。這個降頭，都是我自己下給自己的。「所以，小木偶不是一個詛咒。」醫生呷了一口熱茶，也給我泡了一杯。

「我說，它是你最強大的保護罩才對。」

說罷，她掛上一個以所未見的溫柔笑容，感覺這個中午的陽光尤其和煦。

醫生推測小木偶是在多多的生日會上誕生的。為的是分擔我的恐懼，說出一切我想說而不敢承認的話。

小時候我不敢向病重的祖母坦白自己在學校被欺負，所以我借小木偶的口說出我過得很好。長大後我也不敢說自己喜歡阿草也喜歡家豪，從小就孤獨的我想要盡可能獲得最多的關愛，但我不敢向他開口承認，所以我又借小木偶作藉口說出真話。

只要說謊，一切就會變得好起來。

十多年來，潛意識使我是這樣深信的。皆因我從小到大還是一樣懦弱。小木偶在我害怕的時候就會出現。我渴望謊言可以解救我的苦況，但不想沾污雙手的我連說謊都不肯承認。於是，小木偶就幫我負上了一切惡名。它是我想像出來的，但也不是呼之則來揮之則去。在我沒有恐懼和不安的時候，它就不會無緣無故出現。

　　所以剛和阿草在一起的時候，我越來越少聽見他的聲音。因為自從祖母離開後，第一次感受到被愛的我有好一段時間甚麼也不怕，因為有他在。直至遇上陳家豪的後來，小木偶也就幾乎不見了。害我還怪他讓我出軌，是我像小時候一樣怕事也不肯認錯，所以把和陳家豪經歷的一切事情和箇中感覺都說成是降頭驅使。

　　所以與降頭無關，也跟小木偶無尤，是已經有阿草的我從一開始就喜歡陳家豪。

　　小木偶陪伴我長大，也見證著我每一個傍徨失措的時刻。我依賴它，甚至覺得它有魔力能實現一切謊言。第一次和陳家豪外出，我不敢告訴阿草，所以我騙自己：小木偶幫我實現好，沒事了。事實是我故意和陳家豪「夾口供」，說不要將那天的事告訴別人。如果多多問起禮物是誰買的話，就說是我在電話裏頭陪他買就好。事實是我們約會的事的確有存在過，而他也記得，所以在我們確認關係後重臨球場，他還是會說著和當時一樣的對白，跟我一同懷緬那時候的我們。

　　「所以，小木偶也有失效的時候。」我回想有好幾次想利用小木偶說會實現謊言的能力說謊，就如是讓陳家豪和新的鄰座調位，自然就是不成功。因為從頭到尾，根本就沒甚麼見鬼的降頭或魔法。

　　「雖然潛意識刪除了生日會那段可怕的記憶，但創傷不像記憶，絕大部分都是難以磨滅的。這個心理創傷導致你害怕和同齡的人交談太多。社交障礙大多就是這樣發展下來。」

「我還一直以為，是我中了降頭所以大家都疏遠我。」我吐吐舌頭，只得苦笑。唯有此刻才知道自己其實根本不用過得那麼苦。

「是你怕每一個接近你的人，更怕去接近任何人。」她說，就像生日會也是我主動要求去的，我也害怕自己會再重蹈覆轍，親自走近深不見底的淵口。未知蘊藏無限可能，而每一個可能都有機會成為畢生的恐懼。

「可是如此怕人的我，還是接受了陳家豪走上我的孤島。」說起他的名字，我還是按捺不住嘴角上揚。該死的壞習慣。

「這個角色可是附帶特殊技能。那項道具是必殺技。」上次醫生和我說，她正為了剛上中學的兒子學習打電玩。

「你害怕和人交談，因為多多正是當眾用說話來讓你感到難堪。潛意識聯想起這個心理創傷，你對那些人自然釋出嫌惡感。」我還是習慣她用醫生的腔調說話。

「可是陳家豪不像其他人，他從一開始就沒想過用說話來接近你。」

「他的『超必』，是這個。」說罷，她指著從我外套口袋跑出來的耳機線。我往口袋一掏，是他給我留下的壞習慣。

花見

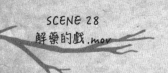

「我啊，真的一直有在留意你的。」

我們倚著空中花園的欄杆，有意無意地隔了一個身位。這個星期六的下午，阿草沒來，他說她想和我談一會。當時她在郵局親暱地牽著我的手說一直有在留意著我，想起還使人毛骨悚然。

原來她是說真的。

作為我的兒時玩伴，中學又成為我們級會會長的她一直在默默關注我。尤其是她一直也對生日會的事耿耿於懷。想起來還該感謝她。她早就發現到我經常躲在一角自言自語，主動和阿草談起關於我的事，最後決定在畢業天將事告知學校社工，幾經轉折才來到醫生這裏。

「這個；阿草千叮萬囑讓我買的。」說罷，她將熱得冒煙的巧克力遞來。我好氣沒氣的接過，都說了不需要化學物質帶來的快樂。

阿草一直很努力地裝，裝作不把我的病當成是一回事。我也是這樣以為的，畢竟他一向喜怒不形於色，其實我很懷疑過他是不表露情緒，還是根本沒有困擾人類的七情六慾。走在一起多年，我連他擔憂害怕或嫌棄也從來沒看穿。除了一次我又給幻想出來的小木偶迫瘋，他看著我不知所措。然後，抱著我一起哭。

我早習慣了自己的淚水，失去陳家豪以後，有好些晚上還是不哭就無法入眠。但那一次，是我首次如此接近別人的淚，我好肯定，他的淚是有溫度的。淚走過的地方形成軌跡，他鮮有流淚，

眼淚迷路只好跟著痕跡走。兩者在臉頰上交疊，一頷首就融合滑落。

不知為何我牢牢記住了那天的一切細節。那幀畫面，憂傷得來好美。

「阿草說過但我又忘了，」多多佯作苦惱的樣子：「你甚麼時候走？我們來送機。」

最後我還是申請了交流計劃，因為比賽的關係也成功了。後天黃昏就出發，只是感覺好多東西都未整頓好。但我不擔心，丁點都不擔心。他從在我的身邊至遠走天邊，都不過是十天的事，而且後來也活得很好，至少比待在我身邊快樂。

「一定不會有問題的，」多多瞥著我手中根本沒呷幾口的巧克力：「因為你已經找到解藥了。」

「你呢？」我反問她：「你的解藥，找到沒有？」

她聳聳肩，說她的症比我難治。我的降頭是由孤獨衍生的懦弱；她的降頭是在熱鬧迫出來的好勝。

在醫生那處渡過的某個中午，我記起了生日會的事。那天我們切的生日蛋糕好特別，特別不好看。因為那是多多自己做的。

「你從小就喜歡做甜品吧。」我說：「大家都以為你長大後會當

上甜品師。」離開中學後，她以理所當然的成績考上了大學的環球經濟。

她頷首，自豪一笑：「在那年這科收分最高呀。」

世上沒有詛咒是不能被解除，我是這樣深信的。所以她的解藥也一定存在，再走遠點就會找到。

「一路順風，多給我拍點照片呀。」我吐舌頭說自己不愛拍照，但我會盡力的。「對了，你去交流的大學在哪？」多多問道：「專修戲劇的學校，在海外應該不少吧。」

我吃力地回想還是無法記起名字，只好掏出手機開啟電郵：「那個地方的名字太難唸。」

多多這秒還在笑著我的失儀，見到名字的下一刻就面色一沉。

「怎麼了？」我大惑不解，追問下去。
「沒有，那裏叫塔斯曼尼亞。」她瞬即收拾好情緒，語氣平穩：「在澳洲的一個小島。」

從我們談話的空中花園望開，不遠處就是剛建成的摩天輪。在她不在意的瞬間，我們也許呼出了同一種歎息。

視線的盡頭，正是時鐘慢了五年的鐘樓。

◀◀　❚❚　▶▶

凌駕地平線的離心力，一個人的話感覺更強烈。

　　我坐在窗邊位置，可以看風景漸漸模糊起來，幾年前的他也是這樣子。我一直也按捺著自己不要想會不會碰著他，因為這個可能性根本很微，即使碰上還會徒添遺憾。反正我們的事早已經過去了。有些錯，犯一次已經太多。

　　他在悉尼唸書，而我要前往塔斯曼尼亞這個南部小島就必須在悉尼轉機。睡去幾覺，差不多十個小時後我來到了他的城市。我只是不想太勞頓，所以才選擇在悉尼先待一週。絕對不是因為在這裏只要抬頭，就能跟他看著同一片天空。

　　我參加的是暑期交流，來到的時候正好是冬天。悉尼的冬不同香港的冬，這邊其實只是風大，會把人吹得頭疼，但我仍然喜歡在街上晃。也許是太無聊，碰著街上成雙成對的行人，我會在那短短的幾秒間替他們構思一個戀愛故事；瞧到形單隻影的人，我又會猜想著他心坎裏住了個怎樣的人。

　　他一個人來到這裏的時候，有害怕過嗎？

　　看到他所說歌劇院海邊，白鴿的數量仍然多得驚人。我搖搖頭，終於否定這個想法。

　　鳶鳥逃出狹小困身的花蕊，終於回到外面的世界。牠或者不

愛飛，偶爾想著地歌歌，但沒有一隻鳥或一個人會喜歡被困。但願有一天，我也可以不被困於有他的回憶中。

故事說到這裏，我和他其實已經好幾年沒聯絡。他人還在不在澳洲我也不知道。可能又飛到別個地方去，也說不定已經回港。我在悉尼街頭漫無目的地走著想要碰見他，就如大海撈針一樣不自量力。現在我遠道而來，在陌生的街頭顛沛流離，只是為了印證在中四課室遇上他，已經花光了我一生的緣分。

在前往塔斯曼尼亞前的最後一天，我拿上背包早早就出門，裏面滿是他寄來的信。當中有幾次他心血來潮，故意拍了照片在網上聊天時傳給我，我全都儲存下來。他給的文字和相片同樣吸引，只是當我想要在縱橫交錯的大街小巷尋回走過他的軌跡，這些相片就成了最不可多得的線索。

「環型碼頭的白鴿成群，抬頭一看連雲朵都是羽毛。」我拿著照片嘗試追上他的視點，大概只有他長得比較高才見到天鳥遺下的羽毛。

「悉尼大學附近有條秘道，大學生用最要不得的髒話栽出一朵玫瑰花。」我不怕髒，更不怕髒話，直接坐在玫瑰花上。他說過鳶要停下來的花蕊，難道不是這一朵？

「從家望出去的日落太美。我有一個很蠢的想法，但我願意在這片天底下死去。」花上一整天，走到他以前住的地方還真的碰上了晚霞。如果這片天底下有你，那我也願意。

　　塔斯曼尼亞最能迷倒世人的地方在於它是一個心形的小島。我不是慕名而來，因為身在島中的你根本不會目睹到這回事，除了在明信片店以外。很多戀人為著這個浪漫的標記前來，我不評論人家，但他們開心就好。在心形島上交託終生，其實是一件頗為甜蜜的事。

　　說真的，塔斯曼尼亞悶死了。

　　交流計劃是聯校的，主要想讓我們和當地學生合作，兩個多月後舉行公演。由於是學生製作，學校也沒甚麼經費的關係，只演一場，完場過後我們便回去。其實兩地教的理論都是大同小異，不過在這裏我還是會認真一點，大概是因為棕髮綠眼的鄰座不像陳家豪般健談和投緣。而且我在這邊最早的課都不過是十時半，還有時間去寫幾百字故事，或重讀一遍他的信才出門。

　　一星期過去，幕後班底大致已經組好。我在申請交流的時候已經邀交了劇本作初步構思，所以幕前的選角很快就可以開始。最煩惱的是這個故事我丟下太久，霎時間不容易抓回感覺。尤其這次不能用我最熟悉的語言來寫，想保存故事的韻味就得更費功夫。

　　早上的理論課完結，趁著一、兩小時的空閒，我跑到學校天台。上次迷路的時候，不小心讓我發現這裏有個小花園。地方不大但勝在環境清幽，人造草地上還有張歐陸風長椅供人休憩打盹。還好時候太早，這裏還沒有人。又或許與時間無關，我發現這裏總是人煙稀少，應該是因為太冷了，大夥兒都希望待在暖氣洋溢

的室內。

安坐長椅之上，我才掏出今早在這邊買的煙。好幸運，在這邊仍然找得到我習慣抽的葡萄酒味香煙。叨著煙草，用手阻擋寒風的吹襲。嚓、嚓……廉價的打火機總是不聽使，好掃興。

「要借火嗎？」旁邊傳來這樣一把聲音。其實在這種情況下還是有點尷尬，像孩子學大人抽煙卻無論如何也點不起來的樣子。只是在這個關頭，拒絕人家好意的話更不得體。

「好呀，麻煩你。」你可以不相信，但我必須說一句你們口中的「死煙剷」大多還是挺有禮貌的。

慢著。

「你說中文？」說罷我才駭然回頭。
「你說我呀？」一張臉直指自己鼻子。這雙眼，這個鼻樑和這個嘴唇。有點陌生又似曾相識。他的嘴巴明明就沒那麼大，耳朵好像又沒這麼小。

呆過半晌才記得要笑著說這一句，好久不見。

但眼前的人，就是如假包換的他，沒了額前劉海和土氣的眼鏡，他的臉容更是清晰。蠶首蛾眉，我從來不發覺這個他比女人還美。寶藍色的大衣、修長的捲腳牛仔長褲、黑色的麖皮軍靴。光是坐在旁邊，已經不難發現他長高了不少。

「好巧。」我不敢直視他，甚至連火機都沒接過。

「真的好久不見。」他顯然沒有一點胭腆，説著説著屈指一算：「有四年吧？你在香港好嗎？」

　　我過得好不好？你是在問你離開的以後我還好嗎？多多、小木偶、醫生這一切一切，沒有你的生活糟透了。不像祖母以前問我的一遍，現在我可以説實話，發洩似的向他怒哮我過得一點不好。

「挺好的。」回答時展露微笑，神態自若。我承認我是一個窩囊廢，尤其在他面前：「你呢？」

「好呀。」他大方地回答，連一點點難堪尷尬都沒有。感覺上，他像就知道會在這裏碰見我而一點也不驚喜。

　　凜冽的空氣就此僵結。我相信我們不是沒有話要説，只是話太多不知從何説起，又不知道哪些該説不該説。

　　塔斯曼尼亞真的好冷。

「實在是太……巧合了吧？」我率先打開話匣子，配上幾聲勉強又乾巴巴的笑。我先開口是怕我們疏離得只可以談天氣。

　　他側著頭顱，一臉不解：「你指甚麼？」

「這個地方、這所學校，和你。」我在悉尼遍尋不獲的人，竟然

一直都在我原本要到的目的地。

不是緣分忘了眷顧我，是我沒有相信它。

最叫我始料不及的，只是他的外表和語氣都變了太多。此刻我好想問，這種成長就是你想要的改變嗎？

他咧嘴而笑，這個笑容太久違。他看著手上的火機，大概是不想煙灰掉到草地。他心疼這裏的小黃花，如同喜歡櫻花，以至從前最愛惜我名字裏的花，便從長椅起來，改為倚到天台邊緣的欄杆。我也跟著走了過去，小心翼翼的應著每一句話。

「以你的成績，應該能找到更好的學校吧。」因為太不真實，一舉一動我都經過深思熟慮，怕一大意碰到甚麼，這個夢就會從指縫間溜走。驟然夢醒，我還是在香港的課室內。

「可能吧，不過我還沒住膩澳洲。然後又聽說塔斯曼尼亞好浪漫，就來了。」

我能聽出他是真心喜歡這個地方，同時心裏像鐵一樣沉。你在這地方住了四年還不膩，可你愛我只是愛了半年。

「你是隨交流團來的，對吧。」他應該是從招募海報中得悉的，來到這個份上我才記起海報把我拍得好醜：「想不到你居然會唸戲劇。」

「我也沒想到，只能說是歪打歪著。」不是存心撒謊，只是不想讓他知道我是因為那本滿滿的電話簿才讓我走進這個世界。

靜默了一段時間，我才想起要問他，現在讀甚麼？你也差不多畢業吧。他自己也忍俊不禁，反問我：「要是我說跟你同科，你會很驚訝嗎？」我不由自主打了一個哆嗦，不能相信這世上居然會有這麼多湊巧的事湊巧堆在一起。

「我唸商科。」他擺擺手，實在看不過眼我太好騙。可是數字和金錢我光想就夠頭疼。「但是副修戲劇。」他和我詫異的目光不慎對上，便問：「很奇怪？不算吧，我們的興趣一向很相似。」這話完全聽不出一點尷尬，我的心卻怦怦直跳。

他一腳踏著欄杆，把頭陷在雙臂之間稍息。片刻又昂首，燦爛的笑容迎上剛好揮灑落這邊的陽光，迎著微風拂來，他輕輕的哼著歌。

「天空它像甚麼　愛情就像甚麼
幾朵雲在陰天忘了該往哪兒走」

我很慶幸他沒操著半鹹不淡的英語，也沒裝模樣的說自己忘了怎樣說廣東話，他還喜歡陳奕迅。按捺不住從側邊偷看他，發現他有耳釘了，以前沒有的。黑寶石在耳上被太陽照得正耀眼。這個人看上去好陌生，陌生得我連在夢中或小說裏也沒見過他，言談之間又是那份我在夜裏每每重溫的熟悉。

他到底是誰。在他眼中現在的我又是誰。

　　他沒再哼歌，從大衣口袋中掏出打火機，我剛才沒接過來的。他的打火機明顯不是一般在便利店買得到。他的是以銅硫製成霧面效果，表面刻有雪花圖案，看起來非常的有重量。他遞來，我雙手插袋示意不用了。他笑得非常輕佻：「別裝，我都看到了。」

　　我不好意思地接過，第一口就吸得特別深，想要吸到肺部盡頭以緩和久未平伏的動盪。我把打火機還他，他又從口袋中掏出小鐵盒，裏面是排列整齊的手捲煙。

　　叼在皓齒中，打開火機蓋的聲音清脆得驚人。他更深地吸了一口，吐出玫瑰香的雲霧。我們像揭破了對方的小秘密，默默低頭竊笑。我又抽了一口，但玫瑰太香濃，我感覺給比下去了。

「你父母知道嗎？」我問。他沒有回答我，用那原本該在琴鍵上的指尖輕彈煙蒂，幾顆煙灰隨之落下。他又問：「那阿草知道嗎？」

　　我莞爾而笑，他看著我亦是同樣。就像我們在旺角球場上買來了各種小食，然後發現對方跟自己相同的癖好一樣。只不過在五年後的今天，我們都長大了。

「我們又再次一起說謊，騙過了全世界。」他說。

　　下午兩時多，灼眼的陽光過去，換來一層濃霧烏雲。

「這邊很少下雨，」他吐出一個近乎完美的煙圈：「不過像這樣的陰天卻很常見。」

他還記得，我喜歡下雨天。天色一下子變得更陰沉，吐出來的煙霧在暗淡的天色中更見清晰。再紊亂的思緒用力呼出來，變成一縷煙還是平靜不過。大概煙草就是這樣令人安寧。我們倚在天台只及腰間的欄柵，兩縷出自不同口中的煙絲互相繚繞，在空中悄悄的交纏在一起，然後在下一刻在空氣中淹沒。像我們一樣靜靜的糾纏，再默默的逝去。曇花總是只有一現，除了我們無人知曉。

「我來到這邊，渡過無數個沒有你的陰天後才發現，這首歌原來很適合你。」

傷口被割開，癒合後結疤。留下疤痕的意義似乎只在於等待一個適合的時機再被傷害一次。我回答他：「那以後碰到陰天，都要記得跟我説『陰天快樂』。」

他手中的煙快要消盡，純熟地用手指輕彈。

「對了，」多虧一支煙偷來的時間和寧謐，可以冷靜下來想得起要問他：「你怎會知道我在這裏？」

他皺眉蹙額：「你覺得，我是故意來找你？」

我自覺失言，咬著那根燒到盡頭的煙蒂，指尖沾上油。他

目睹我的窘態，失笑起來：「我在你們宣傳試鏡的照片上看到一個很像你的人，再跟學生會的人打聽是不是有交流團要來。然後……」

「然後？」
「然後我就甚麼也沒幹了。」

　　我不明白他說這話的用意。

「澳洲這麼遠，塔斯曼尼亞又這麼偏僻，上天也能把你弄來這裏了。」他笑說：「我倒不相信，祂沒有安排我們遇見。」

　　手機正好不識相地響起。原來早已經錯過開會的時間，得趁導演氣瘋前回去。他輕易洞悉我的想法，擺擺手：「先去忙吧，我們遲點再見。」說罷，他從煙盒又掏出一根新的煙。

　　我連忙呎喝他：「適可而止好了。」他輕浮的笑著，那張明眸皓齒使人不得不著迷。說罷，火舌又再碰上煙頭。我不得不走，抽煙是極其個人的一段時間。我明白所以更不忍侵佔。

　　那次會議，我全副心思都不在議程之上。令我最在意的，是我竟然在天台上和偶遇的他就此別過，也沒有留下任何聯絡方法。不過如果凡事都有因，我開始質疑這樣見上他一眼是否就圓了此行的意義。

　　跟他偶遇已經是一星期前的事。有好幾天我有意無意地跑去
商科學系的講室，又有好幾個陰天故意在天台抽了半包煙。可還
是碰不上那張臉孔。上次不是説過「待會見」嗎？他離開香港前，
我們也説過待會見。只是那個待會，待到了四年後的今天。

◀◀　　▌▌　　▶▶

　　我是在試鏡會上再見他的。他跟其他參加者混在一起輪候，
但推門的一刻我馬上就認出他來。他拿著我們準備的一小節劇本，
説著一口流利英語，自信滿滿地表演著。

　　這段時間到底他經歷了些甚麼？是否就如他所寫的分手信一
樣，追逐自由做盡一切喜歡的事，然後就沒的了？我像個追看電
視劇的主婦，想要知道錯過了的每一個時刻。奈何人生唯一一個
重播鍵叫回憶，但他沒有給我開放閱覽權限。我最想知道的還是
在他離開我以後，是否有過得更快樂。

　　試鏡完畢，我衝動地隨他走出課室。和他説上一句話，即使
無言以對打個招呼也好。他的出現太突然，我沒想好要説些甚麼。
就問他明天會否再到天台抽煙吧。只是剛想開口，他輕拍我的肩
膀，指向課室門外在等待試鏡的人。

　　由頭到尾，他沒説一句話，只留下一個微笑就轉身離開，直
至被走廊盡頭吞沒。再一次，我們又擦肩而過。這個微笑到底是
「再見」還是「待會見」？

　　試鏡會結束，沒心情參與他們興致勃勃的討論，只好在課室來回踱步，胡亂掀翻放在桌上的文件。多虧負責統籌的組員，裏面整齊收錄好每一位參加者的資料。當中顯然也包括他，和他的電話號碼。

　　趁著大家沒在意，我悄悄地將他的電話儲存下來。然後給他發一個短訊，騙他出來一起抽支煙，或者更直接的打電話給他說好想他。太瘋狂了，統統不可能。難道撥通這個電話就能接通他嗎，猶如戲劇的人生哪有這麼容易。

　　何況經歷過三年前的一次分開，接著又艱難地撇掉了小木偶後，我再也不願重蹈覆轍。更重要的是，阿草相信了我。就算可以讓自己再一遍地跌個遍體鱗傷，他也不可以。他選擇原諒和相信，純粹因為他比我還要怕受傷。

　　「所以女主角毫無懸念，是主修音樂這個長髮女孩吧？」是次擔任導演的是當地學生，為了遷就我們交流生而故意把英語放慢來說：「你覺得，哪位演這個角色比較好？」我一直心不在焉，連他們談到哪個角色都不知道。想必導演是見我神不守舍，才故意著我給意見。我搖搖頭想讓自己打起精神，一瞥桌上的文件又捕捉到他的名字。

　　「我覺得這小伙子也不錯。」副導指著一個當地學生的名字說：「是可以擔當重要角色的人。」

　　我記得那個男生，好像是從波蘭來的混血兒。來試演的時候

很投入，很多高年級對他讚不絕口。我總覺得有點不對勁，吃力地克服語言的隔閡：「他的感覺太陽光和樂觀，如果演一些背景設定比較悲劇的人物可能就不太適合。畢竟我寫的對白很多都需要角色能夠表達悲傷來傳遞訊息。」

還好導演點頭，同意我說的話：「那……這個男生？」說罷，他用筆桿點了點家豪的名字：「他也是香港來的。」

「他是交流生嗎？」副導問。
「好像不是，」導演翻查著他的資料：「似乎是本地學生，大概是從小就待在這邊之類的。」

他們談起這個人，心臟頓時加速跳躍，我歇力不讓臉上出現任何異樣：「我沒意見，看你們。」

事實上，來參加遴選的人不多，基本上只要有來的都會錄用，只是戲分對白多少之差，再不濟的都會被邀請加入後台團隊。結果，他好像非常順利地成為我筆下一個角色。聽我說了那麼多故事，這次他終於不只是一個聽眾。

第一次圍讀劇本在晚上舉行，我拿著今早才趕起的初稿分發給大家。導演讓我在大家開始前，先簡單說一下故事的大綱。

「畢竟你在試鏡後才突然說要改大綱，而且改動的篇幅一點也不少，」他略帶抱怨：「我們還未來得及消化。」我苦笑一下，被當眾訓斥好不尷尬，尤其他就在我們中間。

　　我在得知他入選後，很快就下了一個決定。當晚我找導演和監督，跟他們說我不想再用原來談好的劇本。我被問到有沒有充分的理由，只要我能夠趕好劇本，時間上是可行的。最麻煩的是我們才剛根據原來的故事選角，通知他們入選後就突然說要改故事，不能確保這班演員也能演新劇本的角色。

　　我解釋說，我正是因為看到這班演員試鏡才想更改故事背景和大綱：「新故事會按照演員的個人特質來寫，肯定比原來的角色更適合他們。」我歇斯底里地說服他們，不只因為陳家豪。

　　在他們試鏡時，我眼睛好像戴上了一種濾鏡，看到他們身後的影子跑了一個角色出來。那個角色的長相和他們完全不一樣，極具個人特色的打扮，表情也充滿了故事。

「時間方面絕對不成問題，」我繼續落力遊說：「今晚我就能把新的大綱交給你們，劇本初稿一星期內就會有。」我從未感覺如此強烈，非要完成一個故事不可。

　　不像第一次公演，現在我對著大家解說故事大綱已經不會口吃：「雖然是圍讀前的簡介，但今次就輕鬆點，當是我來給大家講故事就好。」這次也不同在於，他就在場。我向著一張張陌生的臉孔說話，就假裝沒見到他。時隔四年，我又來到小島上給你講故事了：

　　故事意念，來自悉尼環狀碼頭海邊的遊樂場。

主角是一個拉小提琴的女生，沒有穩定工作，每天在海邊長廊拉琴賣藝維生。只靠路人打賞的生活捉襟見肘，但她堅信終有一天可以靠音樂養活自己。最特別的地方是，她演奏時會蒙起雙眼。因為看不見，才能更集中地細聽弦下每一顆音符。她就是用這個方法來迫自己趨向完美。路人初時只覺得她很奇怪，甚至以為她是瘋子。長年累月下來，當她每天深夜結束演奏時，發覺玻璃瓶內的打賞一天比一天多，她更堅信會遇上聽得懂她的人。

又一個結束演奏的晚上，玻璃瓶放有一張小卡片。

「笑多點吧，音樂帶給你的應該是滿足和快樂。」

卡片沒有留下任何名字，但有一陣淡淡的玫瑰花幽香。她聽從玫瑰花的建議，翌日真的有更多人來投下賞錢。有時候，玫瑰花卡片上面寫的是「我見你拉琴的時候手抖得很厲害，保重身體是表演者的首要工作」，又有時候是「明晚會下雨，早兩小時回去吧」之類的提示。

直至有一天，玻璃瓶內不再是帶有玫瑰香的小卡片，而是一張音樂公司的老闆名片。她雀躍不已，想不到原來伯樂就在身邊。她很高興這個人愛她的音樂，也關懷她的生活瑣事。音樂公司老闆是個年輕才俊，和她很快就墮入愛河。簽下合約後，她再沒到海旁演奏。

在一次約會中，她故意帶老闆回到海旁。她回憶著他寫給她的玫瑰花卡片，誰知老闆竟對卡片的事毫不知情。她得知事實後

非常失望,獨自一人回到海旁再次演奏,看神秘人會不會再給她卡片。

可是這次,她説謊了。

她違背自己的初衷,偷偷在蒙眼的黑布上刺了兩個洞。結果使她更為吃驚,原來玫瑰花卡片的主人正是一直在旁邊賣藝的小丑。

小丑也是街頭藝人,和她差不多時候開始在海旁表演。小丑的形象取自旁邊主題公園的正門入口,路過的遊人大多都是慕名前來遊樂場,選擇扮成小丑正中他們下懷,所以他得到的打賞一向不俗。

女主角回想起來,小丑很多時候都趁休息時躲在一角抽煙,讓她不怎麼喜歡。但重點是,她記起了他抽的煙正正帶有玫瑰味。

她激動得馬上除下黑布,捉著小丑問他很多的問題。誰知小丑只得苦笑,不急不忙的回答她:「抱歉,你可以説慢點嗎?這樣我很難讀唇。」

小丑在第一天已經很留意她。因為她看不見,而他聽不見。小丑明白她綁上眼睛的用意,音樂家要細意傾聽。因為失聰也令他更留意周遭的事物。正是這份細心,他才留意到她嘴角淡淡的失落、手臂微弱的顫抖和天上悄悄凝聚的烏雲。

他當小丑也就是因為聽不見笑聲，所以才更希望看見別人的笑容。太多人誤解小丑是歡樂的象徵，但每一張白臉紅鼻子背後比誰都更要悲傷。

直到有天，一個西裝筆挺的人出現，聽了幾分鐘就放下了名片。小丑知道自己無法欣賞她的音樂，更無力帶她走得更遠。他把那天的玫瑰香卡片收好，把玻璃瓶狹小的位置留給了她的未來。

到這刻女主角才駭然發現，原來聽得懂她的，竟是個聽不見的人。

他喜歡她，雖然聽不見，但同樣喜歡她的音樂。除了留下不慎沾有玫瑰香的卡片，他更把自己的賞錢全部倒給她，讓她誤以為世界開始聽見自己的努力。

聽懂她的人，其實從頭到尾都只有他一個。可是懂你的人，其實也只要一個就夠。

◀◀　❚❚　▶▶

故事說完，草草看過劇本的人交頭接耳，紛紛討論。我暗自鬆一口氣，把杯內的水一喝而盡，在玻璃杯底偷看對面的他。他沒和旁邊的人討論，只是專心的讀著劇本。

這個，就是我寫到第十七章就沒寫下去的小丑故事。

有人説故事的男主角是老闆，因為他戲分最多。隨即有人説該是小丑才對，因為他是女主角的真命天子。接著又有人反駁，結局也沒寫好，誰能説好最後女主角情歸何處？我沒參與討論，因為誰是男主角這些問題其實並不重要。反正謝幕時把那三個人放在一起，女生站中間就可以了。

「我喜歡這個故事，和這邊一貫的劇本很不同。」女主角很喜歡她的角色：「但結局會是怎樣的走向呢？」眾人的目光落在我身上，我只略略點頭帶過。導演替我解話，因為我們想看看排練時會營造出一個怎樣的氣氛，這樣再安排結局會來得比較自然。

如我之前所説，我在演員們試鏡時都見到了這些活靈活現的角色。那位蓬蓬金髮加上藍眼睛的混血兒飾演音樂公司老闆，主修音樂但更熱愛戲劇的女主角也真的會拉小提琴。毫無疑問，小丑就是他。

當時因為他失蹤，我沒有把這個故事寫完。這次再遇上他，我感覺有必要對他説完小丑的故事。我的交流計劃個多月後就會結束。這可能是最後一次機會可以像從前，在小島上給他講一個為他而寫的故事。

會議過後已是深夜。自從我開始寫劇本，阿草又要出國訓練比賽，我們很難遷就到大家都在電腦前的時間，難得談到一兩句又要掛線。才在外面談過一通電話，身子被吹得半僵。我想點煙暖身，笨拙的廉價火機又不聽使，手指不停與火石摩擦，微弱的火光一閃又被冷風吹熄。

「又要借火嗎？」他入侵我一直在躲的角落，再次向我遞來銅製的火機。這次我才有閒暇仔細觀察，六角雪花的每個細節都雕刻得非常精緻，看起來這玩意一點也不便宜。

「我以為你走了。」把劇本讀完一遍，導演簡單的交代幾句就散會，只把幕後工作人員留下來繼續討論細節。所以他突然出現我還是很愕然，當然更多的是驚喜。

他也點上用小鐵盒裝好的手捲煙：「我帶演員們去了一家甜品店吃芋圓，湊巧今天有駕車就把住在學校宿舍的人送回來。」

「哦。」我這樣回答不是敷衍，只是想起他在分手信中提及過自己瞞著父母考了駕照，然後又擅自搬家，最後離開我等等的事，很難不聯想起來。

手捲煙燒得比較快，玫瑰味的淡煙在我們中間盆然飄零，讓他想起了劇本的玫瑰香卡片。

「是你選我入圍的？」
「不是。」我只是依話直說。不是我選他，是我在他身後看見了小丑：「是這個角色選擇了你。」他似乎很滿意這個答覆，不回駁只繼續讓自己活在瀰漫的煙霧之中。

「為甚麼要來試鏡？」我不敢問，難道不是因為我的關係嗎。

他乾笑一聲，一股雲霧從口中溢出：「學分不夠，我可是會

畢不了業的。」

　　深夜太冷，空氣在我們之間凝固。我們靜靜吐出煙絲，他的玫瑰味混合我的葡萄酒味，聽起來好容易醉。我愛和他一起抽煙，喜歡看我呼出的煙絲跟他的慢慢纏在一起。這是我們碩果僅存的接觸，疏離又太浪漫。

　　「你住哪棟宿舍？」他在石灰牆上捏熄煙蒂，像是催促我離去。我搖搖頭，說學校的租金太貴，我租不起，就在網上找人讓我當梳化客。我解釋說，就是不用付上很多的錢就能租住別人家的客廳。在外國可是很流行的，遇上好客的戶主還會不收錢。

　　「有人肯讓你住上兩個月？」他對這回事好像還不太相信，處處質疑。

　　「沒有，最長都只能住一星期，」我說大部分的都只能住幾天，那是很正常：「但你放心好了，我花了好多時間，終於能湊到兩個月每晚都有人接待。」

　　「那你今晚住哪？」他終於留意到我放在不遠處的行李箱和行山背包。地方名實在太難唸，我拿出電話讓他看。他看傻了眼，說那可是在城的另一邊：「駕車去也要大半個小時才到。」

　　我暗自失了分寸，卻不想在他面前丟臉：「那……我趕尾班車好了。」

「早就沒了。」他好氣沒氣的說。

「我坐計程車。」

「這裏才沒香港容易攔車，」他終於釋出重重嘆息：「不然我考駕照來幹嘛？」

　　我在心底盤算著，大不了就在學校圖書館睡一晚好了。

　　小鐵盒內捲好的煙已經所餘無幾，他還是點上了另一根：「等我抽完這支再走。」

「沒關係，」我連忙擺手：「我不想大半夜要你去那麼遠。」以這種疏離的關係，我不好意思麻煩他。

「不遠，走路的話十分鐘就到。」

「不是說要到城的另一邊嗎？」

　　他搖頭，險些被煙嗆到。

「反正都是睡梳化，來我住的地方當梳化客吧。」他說，一住就兩個月，也不賺你錢。商科生的口吻好像賣倫敦金的騙子。他搶過我手中剩餘的半包煙，戲說這就當作租金：「夠划算了？」

　　明明他都不抽成煙，只抽餘韻馥郁的玫瑰香手捲煙。

「我先跟室友說一聲，」他按著手機：「但他們不會介意的。」我記得他在給我的信上說過，和幾個朋友在悉尼租地方住。可是

現在怎樣我還是不得而知。

他住的地方一千多呎，四間睡房全都關上門，客廳地上放滿各種衣物。他說來讓我睡梳化，可是我連梳化也看不到。客廳旁邊就是廚房，它像自成一角般非常整齊。整個畫面充斥著違和感。

「幾個男生一起住的話，這樣已經算很乾淨了。」他看著客廳也不禁失笑，似乎也很享受和朋友一起胡鬧。他把大衣除下，丟在滿滿的衣物堆中，我這才發現梳化的一角，原來它只是被淹沒。他說有一個室友去了歐洲，好幾個月也不會回來，他可以住在室友的房間。

說罷，他打開了其中一扇房門。

「便宜你了。」說罷，他把剛才搶來的半包煙還給我，取走了其中一支。替我關上門前，他說這是今天的租金。

砰一聲，空間靜下，房間有他的玫瑰味。傢俬不多，被鋪是素色的，木製的書桌上只有簡單的文具和手捲煙器材。窗前有一部電子琴，他從中四說過要彈給我聽還是沒彈過。琴鍵蓋有薄薄的灰塵，他應該真的很久沒碰這玩意。放在這裏大概只是裝飾用。

書桌旁邊是書櫃，不算很高亦沒有放很多書，只有半滿。我走上前細看，大多都是商科教科書和課堂講義，也有一兩本關於戲劇文學的英文參考書。中文書很少，其中一本是村上春樹的《國境以南，太陽以西》。

　　這晚做的夢，也是關於一首由美國歌手仙納度拉主唱，名叫《國境以南》的音樂。

　　日光穿透窗簾布來襲，但暖和沒能穿透過來。我披上黑色外套，外面有聲音，他應該醒來了。他們租的是頂樓，可以從玻璃俯瞰城市。這邊房子普遍不高，我想這棟住宅應該是附近地段最高的建築，傲踞這個靜中帶旺的小區。

　　「這裏是附近一帶最高的地方。」他拿著兩杯熱咖啡，把一杯遞給我：「我租這裏的原因，就是為了想在最接近天堂的地方，跟你說一句 Je t'aime。」

　　我一下子愣住，不知該如何反應。

　　「知道嗎？上個月室友帶了個女孩回來，他就在這裏拿著兩杯紅酒，說了這樣的話。」說罷，他假意讓我們的熱咖啡碰杯：「真夠肉麻，我笑了他整整一個星期。」

　　他讓自己打了一個哆嗦，非常形象也戲劇化。我勉強陪著他笑，在取笑自己差點就以為他在跟我再表白一遍。

　　客廳凌亂得沒位置坐，我們只好盤坐地上使用茶几。我在修繕劇本的二稿，他在旁邊捲煙填充小鐵盒。只是他捲好兩根又抽掉一根，像我寫了兩行對白又刪掉一段，整個上午還是沒甚麼進展。

我們相對而坐，他小心翼翼地捏出煙絲，指尖細膩而溫柔地捲起淺棕色的煙紙，微微伸出舌尖濕潤黏口。我以前也試過手捲煙，但總是捲得不好。不是煙草壓得太緊，就是煙紙捲得太鬆，連濾嘴都會掉出來。

　　他逮到我從電腦屏幕後偷看的眼神，充滿疑惑地遞我一根。我搖頭，終於發現今天的進度為何這麼慢。

「捲煙不麻煩嗎？」我隨便想了個問題，好讓自己沒那麼尷尬：「準備的時間久，抽的時間又比較少。」

　　他捲得漂亮，半瞇眼睛觀察。他說覺得手捲煙有一種匠心。我不置可否，也不明白匠心在哪。晚上才有排練，但我中午要回去開製作會議。

「我出去了。」拔走電源，我收拾好和昨晚沒兩樣的劇本修訂版。他擺擺手，吞雲吐霧的說不送我了，今晚排練室見。

　　充當煙灰缸的醬油碟半滿，兩款煙蒂東歪西倒混在一起，我幫他一併倒掉。

花見

原定的排練只到晚上十一時，凌晨時分陳家豪還拿著我寫的劇本，一次一次的被叫停。女主角發現放卡片的人是小丑而不是音樂公司老闆後，其實她是生氣多於詫異。她窮追猛打的追問他，小丑自白的一幕是一段很長的獨白。導演的指引是，他要笑著去說一些令人流淚的話。

「你演不出那種感覺。」導演早就把劇本丟到一旁，苦惱的抓頭髮。我也覺得他演得不像我心目中的小丑，但總是說不出哪裏不對。

「你心目中的小丑，」導演問我：「是怎樣的？」

我看著陳家豪，站了幾小時沒休息亦面露疲態。我們租用鏡房排練，用作戲劇綵排時通常都會拉上黑布免得分神。可是導演為了小丑自白這一幕，故意用上全部鏡子，讓他拿捏好每一句的感情。

他站在鏡房中央，鏡子不停複製他的臉。有那麼一刻我覺得鏡房正是我腦海的樣子，不停投射出他的樣子。只是鏡中同一副五官，帶著各種不同的表情。興奮、期待、幸福等等，每張臉都是歡樂的。可能因為我沒有見過他不笑的樣子。

那我可能知道原因了。

「小丑是一個寂寞的人。」

說的時候我沒看他本人，只敢看鏡中的他。真實得來，我需要一點距離感。

「我想你是不夠寂寞。」

◀◀　❚❚　▶▶

結果當晚導演接近三時才讓大夥兒離開。排練過後我們走路回家，一路上他都不和我說話。我艱難地追上前面這個背影，怕他再一次在我眼前走丟。回去以後他不發一言就躲進室友的房間，我仍然不明白他為何要生我的氣。

叩叩。

我前去敲他的門，他只給我開了一道門縫。

「怎麼了？」他說，我瞥到他手上還拿著劇本。

我也從門縫給他遞了一根好醜的手捲煙：「我用你房間的煙紙捲的。」

來到陽台，兩點火光終於讓他能站近我一點，但他仍然不和我說話。我捲的太難看，甚至因為捲太緊而無法燒到煙草。他把不能燒的那根放回小鐵盒，抽著自己捲的，玫瑰香瞬即蔓延。

「你還欠我。」我先說話，打破兩種香味交織的迷茫空氣。

「欠甚麼？」

「推薦歌。」我説：「我遠道而來，故意將小丑的故事帶來澳洲給你。你用甚麼歌交換？」

他挾著煙的手在空中定住，終於肯直視我。我帶來的藍芽擴音器在空曠的夜晚引吭高歌，尤其迴盪。

「我從遙遠的地方來看你　要説許多的故事給你聽
我最喜歡看你胡亂説話的模樣逗我笑
儘管有天我們會變老　老得可能都模糊了眼睛
但是我要寫出人間最美麗的歌送給你」

陽台的燈微弱地釋出光芒，剛巧在他頭上映照一張臉。如果全個世界只剩下這麼一點點的光，我也願意全都留給他，就像現在一樣。

煙霧裊繞，往事種種。我們都是被困在循環播放中的人。

「你到底生我甚麼氣？」有他給的推薦歌，我就像中四一樣敢於無所不談：「導演要你明天要加兩節排練，我也不想。」他猛地搖頭，説當然不是這個原因。

他呼了好深的一口煙：「我從來沒有特別愛笑。」

他説在我眼中，他永遠都是笑著接受一切。笑著接受我選擇阿草也選擇他，笑著接受阿草和我前往花見。在排練室，導演問

我他為甚麼不像小丑。我說小丑是個寂寞的人，而陳家豪他不夠寂寞。

　　我沒説話，他逕自在旁繼續。

「不是我沒有悲傷的時刻，是你只選擇記住我笑的樣子。」

　　一直以來他帶過給我很多歡笑，我也認為我們是為了尋求快樂而在一起。所以我不覺得，他會有傷心的樣子。我甚至想像不了他會哭。

「其實，我和你同樣悲傷。」

　　他說的這一句，讓我想起了在香港經歷的一切。在醫生那處渡過的每一個星期六、在電腦前苦苦等待他的消息、在家門前等著家人甚麼時候回來，我怕看走了眼。

　　讓我回想，這些情感我都不願再經歷多一遍，更何況讓他承受這等悲傷。如果世間有另一個人和我一樣悲傷，我會想將所有的溫度都留給他。

　　我不管他嘴裏還叼著煙可能會燙著我，直接就擁著他。

　　他的衛衣帶有洗衣粉混和玫瑰花的氣味，我從以前就習慣湊這麼近和他說話。當中隔著的到底是時差還是我們成長的速度不一。

感謝他的單曲循環，整晚播著同一首歌才能在這刻碰上這幾句。

讓我輕輕的吻著你的臉　擦乾你傷心的眼淚
讓你知道在孤單的時候　還有一個我陪著你

◀◀　　❚❚　　▶▶

隔天我們沒有課，留待晚上才回去排練。他在房間埋首完成論文，偶爾會出來陽台抽煙然後回去繼續寫。我很久沒見過他如此認真的樣子，就像以前那個蓄扁塌劉海也戴眼鏡的他一樣。

「和你在信中説的很不同，」我故意給他説話：「我以為你在這邊只顧著玩，甚麼都不管。」

他細意捲著煙，沒空看我：「我現在忙一個下午，換來的是一整年自由。」

我記得他説過，他和父母的關係就像我們昔日一樣，努力地維持平衡。

「你懂嗎？」

我點點頭，表情於他而言大概更難懂。他為了自由，犧牲的遠遠不止一個寫論文的下午。

　　他回去忙，我在客廳用電腦跟阿草聊天。他的訓練日程越來越密，我已經追不上他哪天是訓練，哪天是比賽。我們差不多兩三天才能找到時間在網上通訊，而且他打字比我還要慢，每次傳出一句話之後都要等好幾分鐘才能收到他的回覆。這樣隔著屏幕戀愛的感覺似曾相識，只是現在等的人變了我。

　　大門突然傳來咔嚓一聲，我猜是他的室友。我在這裏住了差不多兩星期還沒見過他的室友一面，大概是與他們的作息時間太不同。我在上學的時間他們倒頭大睡，我睡覺時才是他們在外面狂歡的開始，而曾經這種生活模式也有陳家豪的份。

　　他聽見開門的聲音也從房間出來，好等我別尷尬。開門的人是一個紅頭髮的青年，手臂上的紋身格外惹人注目。他看到我只是略略問好，沒有表現出吃驚的表情，在家豪旁邊耳語了幾句。家豪作狀要揮拳打他，兩人嬉笑打鬧起來。

　　紅頭髮青年打開雪櫃，開了一罐啤酒來喝：「這陣子怎麼不見你去派對？」

「學校有事要忙。」他擺手示意不喝了，晚上還要回去排戲。

　　他朝客廳的我抬頭，作狀舉杯：「享受你的忙碌。」

　　家豪好氣沒氣，還是偷呷一口啤酒：「你要借我的車就拿去，別那麼多話說。」

紅頭髮青年喝光了手上的啤酒，回到屋內的第三間房，門外掛上的畫布和他身上的紋身非常匹配，槍、骷髏和草葉等等的圖案衝擊眼球，我連忙寫下靈光一閃的對白，然後等待阿草回覆。

　　「在看甚麼，電影嗎？」不知何時他站到我的背後，還是捺不住開了一罐啤酒。

　　我潛意識合上手提電腦：「下次有話走到正面說好不好？嚇死人了。」

　　「哎，你在跟阿草聊天呀？」看到我雙手一直按在電腦上，他擺出一副恍然大悟的樣子。

　　「關你甚麼事？」自從跟他相處久了，見他對我們以前的事不癢不痛，我也習慣不會避而不談：「以前和你聊天還不是這樣。」

　　他聳肩，把只抽了一半的煙留在醬油碟上。我無法從沒抽完就離去的煙裏看出他是否在意，但至少能確定他記得。

　　我沒替他捏熄，只看火種像快鏡略過一樣燒燼煙紙，四周飄揚屬於他的氣味。他沒忘記，我也記住了。我竟覺得這樣就足夠。

　　天色漸昏，我們出門回校排練。以前和我走回學校和送我回家的人都是阿草，身旁變了他有點習慣不來。他喜歡把手插在大衣衣袋，我模仿他，兩人在路上並肩而行。有時候他會停下來，逗溜過的狗玩。有時候換我停下來，蹲在路旁繫鞋帶。我們不停

在罵對方麻煩，沒事找事來幹，卻沒有一次不等對方。其實只是一起走的話，都嫌從家步行回學校的路太短。

　　劇本來到第四稿，這次應該是最終的修訂。晚上回學校排練，凌晨時分再走回去就是我們日日如是的生活。就像今晚沿路回去時，紅髮室友剛好駕著車向我們打招呼。聽他們對話的內容，他大概正要去玩，明天中午才回來。

　　引擎發動的聲音震耳欲聾，紅髮室友揚長而去。我不過是隨口說一句，他開車開得好快。「快嗎？」這是一個我不能理解的表情。說畢這句的半小時後，我們身處一千二百多米高的威靈頓山山頂。

「二十六分鐘。」他關掉引擎，向我展示手錶。

　　胸口鬱悶得說不出一句話，直至他打開車窗讓冷空氣蓋過不適我才不致吐出來。正想要點煙就被他叫住，著我不要在車上抽。我白他一眼，逕自走到行人徑道。威靈頓山是最接近市中心的一座高山，輕易俯瞰市內的夜景。

「你常常帶人來這裏兜風？」我擅自取走他放在駕駛座旁的打火機，咔嚓一下就點起火。

「沒有，這幾年我都沒有談戀愛。」
「真的？」我又深深吸了一口，不讓他發現我心中暗喜。
「真的。」他亦如是，不讓我發現他正心跳加速：「不是說了我

很討厭責任嗎？要不是不夠表演學分，我才不會每天那麼準時的回校排練。」

　　距離公演還有兩星期，我不敢承認自己習慣了總是有他在旁的每天。完成演出的一天我便要離開，就像他四年前跟我說還有十天便要走的感覺。我們在一起的時間永遠都不夠，每每都要倒數。一首歌將我們由鄰座變成情人，一封信又將情人變回舊朋友，現在一趟旅行又把舊朋友重新變得親密。反反覆覆的疏離又親近，我們一直都在重蹈覆轍。

　　在台上的我們，甚麼出錯了隨時可以 NG 重來。別想得那麼深奧，「NG」只是「No Good」的縮寫，當中並沒有蘊含甚麼大道理。可惜在台下的每天，生活過千項的選擇中都沒有一次 NG 的機會。我希望寫的每個故事都能叫觀眾落淚，但願這次的結局是個例外。

　　他見我久久沒說話：「你在想甚麼？」

「沒有。」我是想起了在宿營山上的我們，他還是不肯告訴我在許願囊埋下了甚麼願望，可能他連有這樣一回事也記不起來，我便作罷。

「那你在看甚麼？」我又問他。
「看你。」他朝我輕吹一口煙，玫瑰花香撲鼻而來：「這樣的你很好看。」

　　煙稍微熏到眼，一陣刺痛使我雙眼通紅。我耐住眼睛的疼痛說：「你在霧裏看花，當然好看。」

　　他點點頭，很明白我們若即若離的關係一直如是。

　　第一線曙光破繭而出，伴隨深山的鳥鳴，星星在白天變得不再閃爍。視野清晰起來，他指著遠方的某點。「那堆建築呢，就是學校。」他瞇起眼睛，手臂在空中伸得老長：「我們住的地方……應該是那個小不點。」

「不打算回去了？」他知道我指的不是在山頭另一邊的房子，而是在地球另一邊的家。

「不了，能待多久就多久。」他讓火機吐出火舌，不點煙只在把玩：「現在活得這樣放縱，已經回不去那些刻板的生活。」他知道我打從心底裏很羨慕他。生活無憂不在話下，更重要的是，他未曾體驗過回到家裏只有自己一人的孤清。無論多晚回到家，總是會有人等著。

　　我搶過他正想要點的煙：「二十二歲打算一直也不負起任何責任嗎？」

　　他模仿「燦神」的動作舉起一隻手指，煞有介事的說：「這就是我不想要女朋友的原因。」

「好，」我點起他捲的煙，比我捲的果然好多了：「那就一直這

樣吧。」

「抽少一點吧。」他抽著煙跟我說，尤其諷刺：「始終沒益。」他說得委婉，這豈止沒益，嚴格來說也算有害。

「沒辦法，」我說，我們清楚知道卻不能自拔。「誰叫世間所有的快樂都要在傷害中尋找。」

他又笑著點頭，用他的煙蒂輕碰我的，模仿碰杯。我笑說乾杯，指尖替他彈掉快要掉落的灰：「這杯要敬我嗎？」

他說，敬我們曾經給過對方的傷害。

我們靜默，這樣的話要多抽幾支才夠。敬該死的尼古丁和肺癌。

花見

　　以前每晚都在期待他傳短訊來說晚安，現在每個清早都能聽見他親口說聲早。當中我們錯過一段長時間，回過神來已經是三年後，以長大的模樣再遇。

　　曾經說好長大後他就帶我去東京看櫻花，曾經說好花見之時我們就公告天下。現在我們在比東京更要遙遠幾倍的塔斯曼尼亞島遇上，好像更要不真實，也沒能實現甚麼。

　　在戲劇裏有一道公式，越臨近公演的日子，排練越遲完結。公演之後的一天，就是交流團離開的日子。以前我總是希望可以快點到公演，大家都能鬆口氣，一下子睡夠二十小時彌補一個月以來熬的夜。唯獨這次不同。我已經習慣早上一睜開眼睛就聽到他說早安，開始睏的凌晨時分又可以一起回家。我害怕這種生活模式改變，害怕一星期後回到自己的家還是空無一人。

　　「綵排半小時後開始，從第一幕到中場。那邊的那個誰，記得開場前檢查演員的咪高峰，再忘掉了的話你明天不用來了。」穿上黑衣的總監按住無線對講機說話。

　　這次綵排我不在觀眾席陪導演看，我想留在後台。化妝師以前是主修視覺藝術的，很會畫畫。她在演員的臉上仔細地作畫，專心致志。形象設計師在小丑的化妝設計上花了不少心思。左邊臉是以銀河為題，冷色基調；左邊則是暖色為主的太陽。設計師的意念來自一次我們聊天，我說每一刻的感覺都不會是單純的快樂或不快樂。在享受快樂的時候總要承受痛苦的代價，但人們卻又懂得苦中作樂。所以世界沒有完全的光芒，也沒有完全的黑暗。

因為心臟偏左，小丑遇上她前，冷色的銀河在左邊臉頰。自小丑向她投放第一張卡片後，他目睹女主角因為他的說話而笑起來。第四幕以後的化妝看起來沒甚麼不同，但其實化妝師在後台把他的小丑妝全部抹掉，將暖色的太陽畫在象徵心臟的左邊，冷色銀河則變成右邊。

導演曾經強烈反對我這個建議。時間倉率怕化妝師會出亂子，而且觀眾也未必能發現這種心思，不怎麼划算。幸好化妝師答應會帶一名新人來幫忙，而且在幾次排練上嘗試也趕得及。這個意念才得以保留下來，在台上面世。

這明顯是帶有私心的舉動。我想把我們所經歷過的都包裝成別個模樣，在台上呈現出來。

我想讓他看出，這也是某程度上的公告天下。

◀◀　❚❚　▶▶

第一束燈蔓延開去，台面空空如也。導演說不需要預先佈置場景。提著小提琴的女主角上場，演奏的時候後台人員才在燈光下把道具佈景一件一件的慢慢搬置出來。真實在環狀碼頭取材的海浪聲漸入，台面變成海邊長廊。側幕拋出一個玩具球，小丑誇張地跌撞出場。

我在側幕看著在台上的他，沒法把視線從他身上移開。一舉手一投足，都和我心中所想的小丑一模一樣。至今我仍然弄不清

是他把我筆下的角色演活，還是我用他寫成了這個角色。

　　趁著小休，他跑過來和我說他餓壞了。

「去找助理幫你買飯吧。」四百度近視的眼鏡也沒蓋住我快睜不開的睡眼。

「待會回家我們繞路去買宵夜好不好？」他沒理會，在我旁邊蹲下：「有家餐廳好像很晚才關門。」

　　我放下剛剛被摔壞的道具：「你以為今天在天光前可以回去嗎？」還有一星期就公演，排練的時間越來越久，我在這裏的日子也越來越少。

　　我的說話讓他打了一個呵欠，他下意識揉著泛起淚光的眼睛。我連忙喊停他：「喂——唉。」

　　他還是不明所以，直至我拉著他重新走到化妝枱前，他從鏡中看到眼妝被自己揉得全部化開，像個孩子般淘氣的笑著，我既不耐煩又不好意思地把化妝師叫來。

　　我對劇場的遐想始於當幕後。一直覺得穿黑衣的幕後班底像台上演員的守護者，在別人看不見的地方默默耕耘，替投入戲分的演員留意他們忽略的一切，讓他們以最好的一面示人。

　　從幕後看著他，強烈的感覺告訴我這就是要守護的人。謝幕

後還會繼續下去。

　　女主角今天第四次跟小丑在舊地相識，後台的鐘說現在已經三時多。我想這大概是今天最後的一次綵排。來到第八幕，小丑的獨白。這場就是他被導演捉住練習良久才捉到感覺的一段。

　　我和導演為著這幕開過好多次會，最後和佈景設計師商量出這樣一段場景。台面所有佈置撤走，中央放一個圓形的黑色小高台。

　　我說這一幕，我想讓小丑站到「審判台」上講獨白。

「如果你永遠也看不見，我的聽不見就不再是殘缺。我想，我是因為這樣才開始留意你的。路過的人說你只活在自己的世界，誰和你搭話都不管，演奏時永遠旁若無人。這樣做不了街頭表演，賺不到錢的。那個老伯叫你也學學我呀。每次有小孩來我都奮身去逗他們開心，他們打不打賞都沒關係。

我反而覺得，蒙眼的黑布才是你太耀眼的證明。

有那麼一刻其實我想你一直戴上黑布，我怕終有一日世界會發現你的光芒，將你將狹小的海旁帶走。我只是一個小丑，離開了月亮公園就甚麼都不是的小丑。所以我不敢讓你看見我，在你表演時躲到你的黑布後，在你睜開眼就躲到後巷。我卑微得不可以讓你看見。

我每天的工作就是拋更多的彩球，踏更高的高蹺，做出更高難度的動作然後更滑稽的跌倒來引人發笑或惹人側目。來看我的孩子們都說小丑哥哥就是可以將一切不可能的事辦到。我曾經也以為我是他們所說，童話書住在森林那個無所不能的魔法師。

可是世上有些事就是不可以。比如走上舞台的應該只有音樂家而沒有小丑，聽音樂的人至少不應該是個聾子。如果可以，我也想將自己變成你唯一的聽眾。可是世上有些事情就是不可以。我不可以讓你只為我一人拉琴，我也不可以是那個永遠守護你的人。

所以我只是小丑，而不是魔術師。」

　　這段獨白我在劇本上反覆斟酌無數遍，幾經修飾才雕琢成現在的模樣。只是由他親口說出來的這遍，眼角方肯滑出倔強。幾天過後，我將永遠離開這個地方，永遠離開家豪。張開眼的世界是我熟悉的世界，有著一個很喜歡我的人。一醒過來，這個夢就會徹底地消失。無論多努力再迫自己入眠幾多遍，這個夢結束以後就不可能有後續。我會做另一個夢，在夢裏愛上另一個人，但這次沒有他。明知是假的，有否騙到別人都不要緊，我們愛的是自欺欺人。

「在月亮公園前，我冒昧請在座的、路過的的各位見證。

這次審判控告偽造種種缺陷的你。所謂失明只是害怕光，所謂說謊只是害怕真實。所以你蒙上黑布，躲在月亮公園就以為永遠是夜，一輩子都不用睜眼承受白天的鋒芒。你以缺失者自居，逃避

常人要承受的責任，漠視我們面對生活的勇氣。

皎月之下，審判台之上，被褫奪黑布的人都必須誠實。」

　　我把小丑故事帶上舞台只是一個藉口。回想往事只能欲哭無淚，讀著故事就能放聲大哭。如果故事是假，生活是真，那麼劇場就是真假之間的一個微妙交界。

　　所以這個地方如此吸引我們，得以讓我們重新遇上。

　　獨白完成，小丑下場。音樂一轉就由女主角走上審判台，被內心的自己質問到底她喜歡誰。他回到我所在的這邊後台，準備末段的時候再出場。接下來一幕回溯老闆和女主角的甜蜜情節，燈光昏暗，只靠桌上一根蠟燭營造氣氛。

　　漆黑一片，誰也不知道我沉溺在往事之中不能抽離。撲面而來的擁抱使心臟跳漏了一拍，然後若無其事恢復跳動。時間原來仍然流動。

　　我們都沒有説話，幾步之遙的舞台還在上演。

「再過三分鐘，全部燈就會調到最亮。」那一幕用燈光象徵女主角被引薦至國際舞台，全部燈光由漆黑調至最光。我們故意設計到把觀眾曬得睜不開眼，讓他們感受女主角在長時間蒙眼後接觸外界燈光的刺眼感。

我認真的在警告他，我們所在的後台即使觀眾看不見也有後台人員在，不能看見我們這副模樣。他沒理會我，在耳畔哼起歌。

「燈光再亮也抱住你
願意在角落唱沙啞的歌　再大聲也都是給你
請用心聽　不要說話」

我大概永遠也搞不清使我無法自拔的是他這個人，還是那段充滿故事和音樂的回憶。畢竟他可是唯一一個，被以前那個孤僻的我獲准走上孤島的人。

助理沒發現就在背後相擁的我們，往對講機裏頭確認道具準備就緒。

「你，準備出場吧。」我把他推開，著他專業一點。

原來我也抽離不了由自己虛構的劇情。這個我懂。在感情世界，世人最常犯的錯誤就數這一個。

燈光「嘇」一聲全開，剛才強烈的對比使眼睛一下子適應不來。這個正是導演刻意營造的效果。幾陣光暈過後，眼前的影像逐漸清晰起來。

他的眼妝，怎麼又花了。

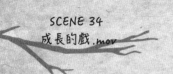

　　故事末段，女主角在音樂公司老闆的賞識和推捧下開了第一個演奏會。如雷貫耳的掌聲下，女主角依稀見到人群中的小丑，也在衷心為她鼓掌。她一眼就能認出他，因為離開海旁的他還不敢卸下小丑妝。

　　我是想起醫生的話而寫下這段的。她說過，每人都是「中咒」的人，所以每人都會為自己築一個保護罩。我是這樣，多多是這樣。所以我覺得，小丑和陳家豪也同樣。

　　演出時女主角會走下舞台，走向坐在真正觀眾席中的小丑。

「我沒能力讓你成為魔法師，但我可以成為你唯一的觀眾。」

　　兩人在觀眾席中對視，故事就在這裏完結。

　　明晚就是正式公演，同伴圍在一起派發象徵演出成功的禮物。收下來很輕易，裝作輕易最難。我應該是唯一一個不想這齣戲上演的人。這天難得可以早點回去，我反覆思量還是叫家豪今天別等我。

「我會在尾班車前回來的。」留下這句話又重新竄到後台的黑布後，一臉抱歉的去找設計師和導演。

　　我回去的時候他正忙著吃宵夜。明晚公演，我後晚就要離開。本來在劇場睏得很，現在睡意全消。

「待會，我還是先把東西搬回學校。」我看著自己在這裏生活下來的痕跡，要收拾的細軟不少。晾在衣架的粉色外套、攤滿書桌的劇本草稿、他不會抽的包裝成煙。

他張望四周，察覺到我剛才提及的每一個線索，説得淡然：「你們晚機，我全部載到機場就行了。」

「好。」我收好那本載滿故事的電話簿，漫不經心地説：「剛才導演讓我通知你，明天早點回去，最後一幕他有個小地方想改。」

他伸了一個懶腰，點頭，抿唇止住呵欠，到陽台呼吸一朵玫瑰花。

◄◄　▐▐　►►

演出當天，也唯獨是今天全員都會穿黑上衣黑長褲。進入劇場後，這一幕是我第二喜歡的時刻。

中午進行最後一次綵排。來到小丑自白的一幕，我聽見身後的工作人員在耳語，為甚麼今天才來改劇情又轉造型。「導演他們不會太胡來嗎？」道具助理一向話多，但我原諒她的牢騷，因為我昨晚才決定更改的劇情的確有麻煩到她。化妝師知道我在聽，陷進一個頗為難的狀況，只好説不清楚，只聽設計師的。

昨夜排練結束後，我花了足足兩小時説服導演讓我改這一幕。小丑站在審判台，背對觀眾，在他面前會放一塊大鏡子。他一邊

唸對白，一邊對著鏡子卸掉小丑妝。獨白說完，他就回復原來的樣子站在審判台上，向觀眾深深鞠躬。

「那是由我們初排的鏡房啟發。」我跟導演說。
「我後悔了。」抓頭髮是他覺得煩惱的小動作。我看穿了，光是這夜就抓了不下十遍。說服他的理由很簡單。

　　小丑的審判，就是面對毫無掩飾的自己。

　　卸妝後的他頭髮自然下垂，髮梢剛好碰上了兩道好看的眉頭。只是苦了形象助理，今早四處去找一副和往日相差無幾的黑色眼鏡，讓他在卸妝後戴上。在我的記憶而不是想像中，這個才是最真實的他，確實存在過的一個人。

「是你的意思吧，」在休息的時候他走過來，語氣帶點煩躁：「為甚麼要變回以前的我？」

　　我放下手頭上的工作：「現在的你，只是為了逃避過去築成的保護罩。」我說，中四課室後排的那個你才是真的。

　　審判台之上，我們都必須誠實。

「誰都會長大的，」他脫下那副俗氣的眼鏡：「我們帶著長大了的樣子來重遇，這樣不是挺好？我以為這個是你想要的，不是嗎？你好難懂，太難懂。我不玩了，你的謎語好難猜。

你說過，我們長大後就去花見，我們就公開。是你說好的，怎麼不等我就去了。

就算把我弄成這個樣子，我都不再是你在中四課室的鄰座。我知道你喜歡以前的我，那段回憶於我而言同樣珍貴而無法取替。但那段時間和那個我都已經過去，不存在也不會回來，懂嗎？像你寫的劇本，這就是最終修訂的模樣，大家都喜歡，只有你在依戀那個難登大雅的初稿。」

這些說話一下子朝我湧來，我無力招架也無從應對，良久才反應過來。

「我討厭這樣說話，」這話縱然無力也很真誠：「但你變了。」
「我會說，這是成長。」無論是四年前他的離開還是今天我無意的重來，都是我們必需經歷的成長。

被強悍的語氣嚇倒，我竟答不上一句話來。

「要麼就喜歡現在這個我，要麼就不要再喜歡我。」他把這句話狠狠砸下，全院關燈。導演宣佈全部人就位。

我們半天沒說上一句話，直至公演前一刻。

「一切順利。」我趁助導在替他弄好咪高峰時，率先跟他說話。

他要保護好臉上的雙面小丑妝，小心管理著表情，嘴角微翹：

「一切順利。」

　　整齣劇歷時個多小時，但在後台的時間過得很快。我們只演一場，眨眼之間就到尾聲。謝幕理應交給演員，眾人挽手謝幕，再一個個的走到台前鞠躬。

　　這個就是我在劇場最喜歡的時刻，沒有之一。

　　先由配角開始逐一上前致謝，主角包括音樂公司老闆、女主角和小丑，三人都是壓軸。我悄悄從幕旁窺探，很多觀眾都站立拍手。這是對表演者一種充分的肯定，穿黑衣的我同樣感覺到這份溫度。在飾演小丑的家豪上前時，台下反應尤其熱烈，代表他們很喜歡這個角色。

　　躲在幕後的我也靜靜地拍起手，和台下的人一樣。因為我也很喜歡小丑。

　　十分，十分喜歡他。

◄◄　❚❚　►►

　　我們在學校禮堂舉行派對慶祝，順道讓當地學生跟我們一行十人的交流團餞行。距離在澳洲的謝幕，還有二十六小時。

　　觥籌交錯，全個製作組都藉著這個機會跟所有人留影。交流團的人都來自不同地方，明知道很有可能永遠不會再見，大家拍

照的時候還可以笑。你們發生甚麼事了，我不像你們。我不能面
對離別而繼續笑逐顏開。明天就要和他分開，雖然已經不是第一
次，可是我有一種強烈的預感，這會是最後一次。

周遭的嬉笑聲在我耳邊不停迴盪，此起彼落，彷彿不會有戛
止的一刻。每一聲歡笑都很刺耳，每一個笑容都很難看。恐怕在
這裏不開心的就只有我。

「來，我們乾杯啦！」導演盛意拳拳的走過來，向我熱情的斟上
香檳：「謝謝你的故事，很精彩。」我陪他們說笑喝酒，也成為
了在相片中最虛偽的人。此刻的我才不是寫故事的，而是演戲的。

他們關掉禮堂冷白的光管，改由燈光設計師換上極具派對氣
氛的彩色射燈和的士高燈球。導演和女主角玩投杯球輸了，她讓
他跑去便利店給全製作組每人買一杯冰淇淋，不能融掉。導演氣
來氣喘的跑來，給我遞來兩杯。他讓我幫他給家豪，他還要多跑
兩趟才能買完。

燈紅酒綠，加上音量過大的流行音樂使人暈眩。陳家豪不在
視線範圍以內，我猜他是到外面抽煙去了，看過附近幾個暗角都
沒見到他。靈機一觸，我回到了我們重遇的天台。梯間傳來淡淡
的玫瑰香，我就知道找對了地方。

他像當時一樣，倚在欄杆，面向街外。我以前總覺得他個子
高，所以看得很遠也能背負很多。唯獨在這個偌大的天台花園，
夜幕低垂得伸手可及，他的背影格外瘦弱消瘦。我不禁質疑，這

四年來他是否真的如信中寫的那麼快樂。我說他演不好小丑，因為他不夠寂寞，他反罵是我只選擇記住了他笑的樣子，對他的孤寂視而不見。

走到他身旁，他手上一根煙剛好燒完。我搶過他的打火機，點起火卻不打算抽煙。

「怎麼了？」他嘴裏叼著煙，口齒模糊。

我又重新把火燃起，左手擋風：「向你賠罪的。」

他湊近我點起的火舌，讓煙和火履行宿命般纏在一起。

我在吃半融化的冰淇淋，他在抽煙。整個畫面好違和。

「你說誰更快？」他笑說：「你融化得快，還是我焚燬得快。」我不認為冰淇淋和香煙需要比賽，反正兩者都在不停的耗費生命來成全某種意義。與我們或者同樣。

「我不想比快，」我想這已經是我今天所聽過最怪異的事：「我們比慢吧。」

「好，你說怎麼比。」說的時候，其實煙已經燒到一半。因為煙紙的關係，手捲煙燒得比較快。每次我抽一根幼煙，時間就等同他抽了兩三支捲煙。我們步伐和期望的不一致，大概就從以前到現在都沒變過。

　　所以混沌過後，只剩下兩根凋零的煙蒂遺棄著對方。靜止的世界再沒有快慢，也沒有燃燒和融化。這是我們的下場。

「為甚麼抽煙？」我啃著已經軟掉的威化餅筒問他，試圖岔開話題。他沒回答，只把煙蒂捏熄，開始吃著冰淇淋。第一根煙總有理由。我是為了複製中學時代的下雨天，生活一如既往地難過，借用冷空氣在走廊吞雲吐霧，是最有力的喘息。我點頭而沒追問，假定他是因為惦掛著有我的下雨天才抽起煙來。

「這個，」我數著他堆放的煙蒂，兩顆四顆，這裏蘊含著他多少次嘆息：「也是我們各自的成長嗎？」

　　仿佛世界在這刻就崩掉，我們也可以這樣待下去。有煙草，也有對方。

◀◀　　∥　　▶▶

　　應酬一整晚過後，眾人依依不捨地道別。有人提議到城內的酒吧繼續玩，趁最後一晚要盡興，還打趣的叫家豪帶路。他們說早有聽聞喝酒去夜店玩，整間學校就數陳家豪最熟絡。

　　我在旁邊聽著並不意外，他在信中早就說過自己很享受這種生活，但他在劇場說得有道理：要麼就不要喜歡，喜歡的話就該喜歡這個他，而不應該把他強行變成我喜歡的模樣。所以他的浪蕩、冷淡甚至不堪入目，我全都喜歡。

「我這幾晚都沒好睡的，」他苦笑婉拒，勉強擠出一個呵欠：「饒過我啦。」他是一個最出色的演員。

　　這是我們最後一次並肩走回家。原本十分鐘的路程，卻被我們拖得很慢來走。我期望著他應該會對我說些甚麼，即使不是挽留，這種奇蹟般的相遇也至少值得他說點能讓我記上一輩子的話。路程上一直按捺不住窺看他的側面，找來找去也找不到一絲失落。

　　可能於他而言，在學校遇上我再讓我住在他的地方，只是他在所謂的長大後殘餘的風度。給我的一切照顧都是出於禮貌，不帶一點感情，也沒有一點留戀。就如在慶功宴告別那些萍水相逢的朋友，客套地說著不捨，但安於接受今天過後大家仍然有自己的生活要過。

　　最後一次步入這扇家門，我們依然沒有說甚麼特別的話。我將行李箱搬到客廳中間收拾，他躲在室友的房間玩電腦。

「女孩，要去哪啊？」紅髮室友見我在收拾，走過來調侃。只有過數面之緣的人也來跟我搭話，最該說話的人卻不瞅不睬。

　　我掏出歡送會的笑容來回答：「沒有，要回香港了。」

「噢。」室友皺眉：「和家豪一起走嗎？」

　　我搖頭，沒有拿下艱難掛上的寬容：「不，他不回去了。」

距離謝幕，還有二十二小時。

收拾行囊是一件殘忍的事。我把自己留下的痕跡洗擦得一滴不剩，像我不曾在這裏出現過。我很清楚現在的行為正在把我們在這裏的時光一點一點地摧毀。

門半掩，只剩幾公分的空隙。我竄近偷看，他一整晚都在全神貫注地玩電腦。

叩叩。

把心一橫敲門。他探頭出來，戴上打電動專用的密封式耳機，滿不願意地挪開一邊聽我說話。

「想確認一下你明晚是不是會送我到機場。」
「嗯，是呀。」他若無其事地回答。話題結束，但我不想就此完結。最後一個晚上，我感覺我們應該有話要說。

「要抽煙嗎？」我用力按住門沿：「我給你捲。」

他皺眉搖頭，大概是我的邀請太突兀。他著我早點睡，隨即關上門。門後又傳來此起彼落的槍聲炸藥聲，門外正是敗陣的人。

房門再沒餘下縫隙。我一直以為那幾公分是他故意為我留下的空位，這是一種暗示，難道不是嗎。我以為他給我留下了一道空位，事實是他已經關上了大半扇門。餘下的幾公分，只恰好足夠讓我離場。

◂◂　▌▌　▸▸

　　合上眼不久就被一陣凌亂急促的敲門聲吵醒。從牀頭櫃摸回自己的眼鏡，早上十時，原來一個晚上可以如此短。

　　屈指一算，距離謝幕還有十三小時。

　　敲門聲不停催促，打開門是打扮好的他：「快點換衣服，我們要外出。」

「我們，到底去哪？」他在高速公路上奔馳，沒有回答我。

　　踏入八月底，比我剛來到的時候暖和了不少。已經不怎麼冷的風吹拂頭髮，這是在歡送暫居的過客。一路上他專注於開車，沒有跟我説話。正午十二時，我們在一個海邊停下來。他説太早起床餓壞了，去買點吃的回來。深不見底的海正被豔陽直射得閃閃生光。

　　十一小時後我便會越過這片大海，離開這個地方也離開他。相遇離開，重逢後再離開，我想這些讓人死去活來的循環正是我們成長不可或缺的一節。反反覆覆，每次碰面都帶著另一個人給我們留下的改變，笑著道別。他回來後，我説想抽煙卻被他叫住，只管叫我快點回到車上。

　　我們繼續往一個不知名的地方前進。

他仍然沒有跟我說話，使我無聊得留意著他的一舉一動。每兩分鐘便看一次手錶，每次在交通燈前停下，又會看一次手機按幾個短訊。常常在他身旁，但不曾如此仔細的看他並刻意記住。看久一點，遲些回憶起來會比較真實。

下午四時，我們終於停下來，貌似已經離開市中心很遠。附近只有山和樹，眼前是一個叢林的入口。要是你有看過《千與千尋》的話，這個地方就跟千尋走入「那個世界」的入口一模一樣。天色昏暗起來，我開始擔心趕不上飛機。他忽略我的說話，直接拉著我的手往叢林走去。心裏一半焦急一半害怕，待在原地不肯再走。

他沒再拉我走，倒是停下來：「還記得『信任遊戲』嗎？」我當然記得。他露出滿意的笑容：「老規矩。」

我滿懷不安的閉上眼睛，牽著他走。截掉視覺的感官，觸覺和聽覺因集中而變得更敏銳。我感覺到小腿被高及腰的蘆葦輕輕劃過，刺癢，又聽到四周的蟲鳴因為稀客的到訪而熱鬧起來。

距離感很差的我只感覺走到了一個僻靜的地方。基本上沒有路，證明這裏並不是甚麼景點，只是一個人跡罕至的樹林。再過一會，他著我睜開眼，天色又暗下了不少。眼前是一個小山洞。二百米左右的長度，可以清楚看到對面的景象，大概也只是另一片叢林。

「歡迎來到時光隧道。」

即使以前和他的想法多麼相似，現在一點也猜不透。「不是說要我送去機場？」昨晚他明明一直不跟我說話，只是草草答應會來送我。

「這次我們不『離開』，」走了一段路，他抹去額上因疲憊或緊張帶來的汗珠：「我們『回去』。」

他深深吸了一口氣，字正詞嚴：

「信我的話，就一起走到時光的盡頭。

我們回去，重新開始。」

「這就是我這麼遠都要把你帶來的原因。」他說得煞有介事。「重新開始？你突然又不怕負責任了嗎？」還是說，他說重新在一起的時候也沒想過一段關係會有重量。

看著自己和他在地上的倒影，打翻的水彩染得雲彩澄黃。距離謝幕，還有七小時。要是這條是真的時光隧道，請把我載到中四的一年。

那天清早，我們班上來了一個插班生。他沒被安排坐上我的旁邊，我不認識他。偶爾在課室會跟他的目光不慎對上，但瞬即又像曇花一樣枯萎掉落。我覺得他有點眼熟，但之前應該沒見過他。除非是在夢中見過，但不太可能。這種外向的人怎可能會光臨我枯燥乏味的腦袋？不可能。

那個午休，我沒有撿起在球場遺下的保溫瓶。我認得這是同級的人，但和他從來沒說過話，反正就不像新鄰座般投契和好玩。不知從哪一堂課起，鄰座都會偷偷的在抽屜下面牽著我。那個男孩總在偷看我們。我數過了，光是上學期，這個人就足足把保溫瓶留在球場十八遍。真奇怪。

　　但這是一條缺乏任何魔法、普通不過的舊山路。

　　走過去或許真的能重新開始，只是都得背負著我讓他當第三者、他又離開過我的種種經歷而開始。更重要的是，我和阿草說好了誰也不要說出口。時光倒流的代價從來不簡單。要有背負過去和將來兩者重量的覺悟，才有資格和時間談判。

　　他見我久久沒有說話，看我一眼拔腿就走。他往時光隧道的入口跑；一下子跑到中間。

　　「我就在這裏等你。」他竭力抑制氣喘：「等你過來。」

　　從慢了兩分鐘的鐘樓底下，他就一直在等我選擇，等到現在我的時鐘其實才是慢了四年。小木偶讓我和他說，我兩個人都喜歡，兩個人都想要在一起。我著實不明白為甚麼誰都在迫我選擇。阿草給我的和家豪給我的都不相同，他們從來都不是另一個的後備。完全缺乏可比性的兩者為甚麼必然要併在一起？

　　這邊天入黑得很快，頭上閃過一下雷。天氣應該很快就會轉差。

　　雷電閃過一刻，腦海也閃過很多片段。每一段都很零碎，但全部清晰可見——

　　有一個男生把他的第一個金牌送給我。他的保溫瓶，用了五年還不丟棄。不曾説過一句喜歡，但給我的空間大得可以容納多一個人。

　　有一個男生將短暫的櫻花留在項鏈給我。他是一隻想在花蕊住下來的鳶鳥。付出雙倍的痛苦，儘管永遠只能得到一半的人。

　　其實答案一直存在，而且和我保管好的回憶一樣清晰可見。只是以前還沒有那麼一個時刻要我抉擇，我便一直蒙混下去，得過且過，騙來雙倍快樂的時光。非得要二選一的話，從故事的第一首歌開始就一直是那個人。前面三十多首都是我們必經的迂迴。

　　距離謝幕，還有六小時。

　　他看見我的身影越來越近，笑聲的回音在隧道中來得更迴盪。這個就是我不管在台上還是幕後，都要竭力守護的笑容。我終於也走到他面前。這雙眼中，我仍然找到自己。

「要拍下來嗎？」我問他，笑著回憶我們在離別時玩的把戲。他搖頭，説以後都不需要這樣。我們可以去日本的花見，拍下很多照片再沖曬出來，貼滿家裏的每一個角落，變成社交網站的頭像。這是我們約定的公告天下。

他從衛衣口袋掏出土氣的眼鏡，不是劇組的道具，是他在中四課室時戴的那一副。「我以為你丟掉了。」我仔細看進他的眼睛，瞳孔外圍圍了淺藍色的一個圈。他在隱形眼鏡之上再戴上眼鏡，度數疊上了一個雙倍。

他說才不會丟掉，這對眼睛見證住我們的相識。

「我們，走完那條時光隧道吧。」我說。

「我夢裏朝著你跑　你笑容灑在嘴角」他的歌聲在空蕩的山洞縈繞不散。

「我知道，這首歌叫《時光隧道》。」我一邊走，一邊跟他說。

他笑道：「為甚麼你會懂？」這首歌上年才推出，明明就不怎麼熱門。

「你離開我之後，我每天都有在為自己選一首推薦歌。」說罷，我也從外套的口袋掏出為著他而買的 mp3 播放器，和他同一款式。只是相比下來，我的比較簇新。他見到以後很是錯愕，回過神來已經差不多走到盡頭。

「以後，你負責說故事就好。推薦歌應該都由我來選。」隧頭盡頭的光束微弱地投射進來，這是介乎黃昏與晚上的腘腴。

天要關燈，提醒著時間無幾。我想問題一直也在於我身上。

抽煙的人都愛看朦朧迷糊，但說話要講得清清楚楚。

「我有東西要給你。」渾身發燙。我太習慣說謊，一坦白就覺得為難。

　　他不明所以，笑問我是甚麼。

「給你。」這樣東西，我每次上劇場也會帶在身上。

　　學長告訴過我，很多做劇場的人，尤其是後台都會有一樣護身符之類的東西，可以是御守之類的物品，也可以是特定某一條手繩，甚至衣褲鞋襪。通常在首演時都會帶著或穿上，說是寓意一切順利，可以逢凶化吉，其實只是讓心理安定下來，自然沒那麼容易出亂子搞岔。

　　至於我的，是一條櫻花壓花項鏈。由四年前初次走入劇場，直至昨晚最近一場都一直戴在黑衣之下。有他在，所有故事都會好看。

「我的意思是，還給你。」

　　我們也許足夠相像才會走在一起，但我不是那個寫信來說分開的他。道別要清楚才夠得體，要夠誠懇才算約定。

有沒有這樣一種經驗：回到家中看似如常，但總覺得有甚麼被動過了。茶几被移過了一點？風扇的方位不同？還是餐桌上多了一個花瓶？仔細想過後發現全部都不對，你有一點納悶，但找不到答案的問題無謂深究。沒考究下去，逕自就回房間休息。

那天回到家，正是這樣一種感覺。我沒在意，到再長大一點知道事情的全貌後才開始發現當天少了甚麼。

父親書房的手提電腦沒有了，衣架上的大衣也不在。他不在家，沒再回來。不久以後，梳妝鏡上的口紅跟著不見，鞋櫃裏高得過分的高跟鞋也被拿走。回過神來，家中剩下的物品都屬於我，只剩下屬於我的，我也已經到了可以自立的年紀。每次回家沒有一盞燈，所以多年來一直學習擷取街燈帶來的落寞並轉化成客廳燈的溫馨。

我突然在想，學會抽煙除了愛下雨天的吞雲吐霧，原來還愛它像萬家燈火的點點星火。只是這點火不足以燎原，剛好夠焚了我和他的時光。

◀◀　⏸　▶▶

以前的故事就說到這裏，與現在的事有關或無關。時光隧道回到心形小島。其實山勢崎嶇的心形帶有裂紋，但偏好浪漫的人最擅長視而不見，就像明明聽過甚麼也察覺到甚麼，但就是讓我甚麼都不要說的阿草。距離謝幕還有五小時。坐上班機，睡上一覺就能在機場再見久違的他。早在一星期前他才問過我，回去的

第一頓想吃甚麼。

　　所以當家豪問為甚麼，我這樣回答他。

「這是第一次，有人在等我回家。」

　　我們端詳項鏈，被夾在透明膠中的乾櫻花正開得燦爛。

「花見，不去了？」他說，現在我們都長大了不是嗎。他已經可以帶我去東京看櫻花，我們也可以將秘密公告天下。

　　花見之約於我們而言都有一種無法言喻的吸引，然而這種魔力其實僅僅在於它的短暫和不永恆。

「要是櫻花全年三百六十五天都有開花，你還會覺得它好看嗎？」我說這樣的話，花見根本就不特別也不夢幻。

　　櫻花擁有難以捉摸的花期，即使碰上還有極其有限的全滿。最美在於變幻無常，最吸引在於短暫而璀璨。他送我壓花項鏈，說想要留住花期，但其實強行留住的稀有已經不再珍貴奢侈。

「你只是喜歡有阿草的我，而我也只是喜歡阿草以外的人。」我是不是我，你是不是你都沒有關係。我們真正在追求的都不是對方，只是那些在「正常」以外的稀少可能。如果花見是能夠輕易實現的一回事，夢幻感消失，我們就會發覺漫天櫻花和對方都不是甚麼一回事。

我説對不起，不是因為拒絕復合，而是因為我沒有繼續説謊，隱瞞我早就認清的真相。

　　我每次説對不起，他都會説沒關係。他説，真的沒關係，我有看過你寫的故事，每一個都有看過。

「所以，我信你説的宿命。」

　　從來沒有人會太早或太遲遇上。每種相遇，每趟離開，都是計算過的剛剛好。

「是不是……」叢林把我們重重包圍，我不禁慌了起來：「會趕不及？」

　　他堅定的對我説：「我們一起騙過全世界，對你卻從未説過一句謊話。」我對著他總是一點辦法也沒有。他説這裏離機場不是太遠，一定能趕上飛機的。

「但行李不是還在你的家嗎？」我在他旁邊問。

　　他胸有成竹的説會趕得及，車速卻比來的時候明顯要快。他笑得苦澀，像我們駛經海灘的鹹澀海水味：「我告訴過室友，要是我在起飛前的四小時還沒有向他報喜，他就會把行李載到機場。」

　　我把這件事連繫至他在路上不停的按短訊，就是和室友在談

這回事。原來他是真的有想過我會為他而留下來。因為當初，他也真的有想過要為我留下。

「我們都讓對方失望過，」我望向窗外，天色全黑只剩零丁的星火引路：「就當扯平吧。」

他嘴角微翹，笑容大概在掩飾某種情緒：「我們好的壞的都相像。」

所以才會互相吸引，又不能永遠待在一起。

交通燈讓我們停下，他打開車內的播放器。

「這是今天的推薦歌？」我笑問，他默默微笑，我們駛過了另一個沙灘，沖刷過的貝殼閃閃生光地躺在礫土，原來唾棄也是一種美態。我想起了落在學校天台的煙蒂，我們遺棄卻永不遺忘那種氣味和時光。

> 流水　像清得沒帶半顆沙
> 前身　被擱在上游風化
> 但那天經過那條堤壩　斜陽又返照閃一下
> 遇上一朵　落花

從他走上孤島開始，我便想要更多的了解這個人。想要知道他外向的幽默從何而來，內斂的溫柔怎樣而生。我以為自己只是聽他說說有關自己的事，但原來我更想的是在他談起自己時，會

有我的存在。

　　喜歡不一定要待在一起，就如花開也不一定要永恆。我們對花見的憧憬和無力，造就了我們。抱著一直不履行的約定，憑借待續的可能我們就好好地生活下去。

　　路上的車開始多起來，也越來越光亮。到達機場時，距離謝幕還有個多小時。他在找地方停車，行經「禁區」的大告示牌好像有某些說話要告訴我們。儘管我們也曾經，不顧一切闖入過世俗眼光的禁止區。

　　他把車停好後還有時間。不長不短，吃頓飯不夠時間，光是道別又太早。最後，我們還是躲在街巷的暗角。從以前到現在，還是要夠黑的地方才容得下我們。

　　他打開專屬的小鐵盒，裏面只剩一支手捲煙。是我為他捲的，因為壓得太緊很難點起。我以為他丟掉了，沒想過他會一直藏起來。我們帶著無奈相視而笑。不確定他是否抽得慣成煙，禮貌上應該要邀他抽我的。

「葡萄酒味？」他瞇起眼睛，打量四角都被壓垮的紙煙盒。我取出一支，捏破能夠釋出香氣的珠子給他遞去。他不假思索就接過，總有些人會嫌包裝成煙不及手捲煙型格。我沒講究，只追求廉價的喘息。

　　他抽過一口定在口腔半刻，慢慢呼出指向我的直線。

「還可以吧？」我輕輕撥散他吹來的迷濛，如同他在三年前寫下的信，溫柔地決絕。

他又呼出另一條直線，這次指向班機待會劃過的上空：「我會習慣的。」

他叼著煙，從大衣口袋取出了煙紙和濾嘴等用具，極其熟練地徒手捲出一支新的，向我遞來。

「這是你的。」他説，感覺有點像我們昔日用一首歌換一個故事，都是用時間潛移默化地令對方愛上自己所愛的。我們喜歡上對方的嗜好，再喜歡上對方。最後即使沒能帶走這個人，至少還有戒不掉的壞習慣相隨。

我珍而重之地接過。這支煙有他的氣味、溫度和指紋，世上沒有其他物品能夠更貼近他。我掏出廉價的打火機，還未點上他就看不過眼，一把搶過將它丟進垃圾桶。

「這個你拿去。」他把一直隨身的打火機塞到我手心，殘存他襟懷的溫度。從第一次見他我就留意到火機的做工細緻，雪花的精妙輪廓寫實仔細。他從口袋掏出我還給他的壓花項鏈：「這是交換的。」

「我早就想問，為甚麼是雪花？」
「這大概是越想要捉緊就越快消失的花。」

「但你偏偏要把雪花和火放在一起，」我不禁嘲弄他的矛盾：「當然快消失。」

他反過來指摘我不懂，說這種錯才最美。

他說，所以我們用最歷久不衰的壓花項鏈，換最快消逝的雪花。

我點頭，說這次我懂。

及後他才說這個打火機也是他每次在劇場都會帶上的幸運物。我欣然收下，很高興能擁有一樣他的貼身物品，至少以後掛念他的時候都比較具體和真實。這樣一說我又想起所有的事還是由我們交換故事和歌開始，我們到底是太慷慨於分享，還是太執著於公平。所以糾結多年，最後還是無法維持那個不對等的天秤。

驟看手錶，今天快要作結：「明天我會在機上過，你要再給我一首推薦歌嗎？」事實是我們都知道這天之後，就再不會有下一首推薦歌和下一個故事。我說下一首和下一個，因為不忍說是最後一首和最後一個。

他猶豫半晌，蹙眉的樣子一樣好看，大概想為最後一首留個難忘的結尾。

「你的播放器，拿來。」說話時溢出煙霧，看起來很是不真實。沒能猜透他想要作甚麼把戲，我還是照辦，反正他給的推薦歌都

沒有一句叫人失望過。

「這些年來我給過的推薦歌，」他一邊看著，有點難以置信：「你全都儲存下來？」

「是的，」帶著一點被戳破秘密的尷尬，還是乾脆承認：「一首不漏。」

　　他點點頭，用上兩手不停操作播放器的按鍵。還好我們用同一款，所有功能他應該比我更要熟悉，但他還是按了好久才還給我。

「你的推薦歌，我留在這裏給你了。」
「好，那麼你的故事，」我收好播放器，回答：「我留在劇場給你。」我說要留在劇場給他，其實還有另一個意思。

「我們會再見的，對吧？」前半生太多謊話，這刻我不妨直率。

　　他點頭：「我會回香港的。」

「這樣就好。」我沒再追問下去甚麼時候回來，回來以後做甚麼等等。因為這些年我們最能學懂的，就是朦朧的力量。不約好才會遇見，沒擁有就能永恆。

　　說話和人，都是曖昧最美。

「你回去就畢業了，對吧？」一支煙的時間不多，他小心翼翼的捏著煙蒂，只剩幾毫分的呼和吸：「要忙畢業劇作囉？」他的捲煙於我而言還是太濃太嗆喉，按捺不住還是丟臉的咳嗽起來，只能飆著眼淚點頭。

　　我們沿路返回離境閘口，快要謝幕。仍然討厭說再見的他，選擇留下一句更深的話作道別。

「那個許願囊，想知道的話就去找吧。」他說，這是他給我的畢業功課。

◄◄　　▌▌　　►►

　　Mp3 播放器　個人提示：你有一條新增的播放清單。
　　建立時間：2015 年 8 月 9 日　22：47

　　當這地球沒有花　陰天快樂　開不了心
　　遺失的國度　全世界失眠　抱擁這分鐘　不要說話
　　無人之境　人來人往　月球上的人　遠在咫尺

　　不來也不去　時光隧道
　　明年今日　一切還好

　　孤獨患者　不再讓你孤單

中場休息廣播：
觀眾可選擇離場，或留座繼續觀賞節目。
離座的話，演出就到此為止。

故事是我寫的。

如最初所言，我們說過無數次謊，唯獨這次沒有。故事千真萬確是我寫的。你可以叫我作者——就叫作者好了。插班生，或愛聽陳奕迅的男孩這些名字，我想留給她一人來喊。

早在幾年前我把她的事說過一遍，這些年間偶然也會接到關於這個故事的讀者私訊。每次回答都要我拍走記憶的灰塵，她的一切又清晰起來。誰說結痂掉落的疤痕不痛。不少讀者問及情節的真假，原諒我未能一一回答，這樣好比主題樂園的人物摘下卡通頭套一樣不恰當。我不想破壞小說最引人入勝的魔法。

但我可以說，我是真的，她也是真的。她是真的喜歡說故事，而我也是真的喜歡聽陳奕迅，和喜歡她。

她離開塔斯曼尼亞不久，我就退學了。表格要我填上原因，我寫：「我想回家。」出奇的是父母沒有太大反應，反正他們就不怎麼喜歡我待在澳洲，就當我在外面玩夠回來。她說得對，家中總有人等著的感覺還是難以宣諸筆墨。

沒能去看她的畢業演出是我的遺憾。學校手續、住屋和車的問題耽擱了很久，使我一度滯留當地。那場演出，我不知如何說起的是它著實非常轟動。雖然我也是從別人口中道聽途說，但我想我有這個必要告訴大家。

她主修編劇，畢業功課那份劇本被上屆畢業生選中演出。我

不意外，眾人都不意外。直至公演當天，她換上主角的備用戲服，自己走上舞台。

她從來沒有台前經驗，一次也沒有。全體後台吃了一大驚，被她搶開的女主角目睹又氣又驚，本來也知道她性情古怪，斷然想不到她連自己的公演也想搞砸。台下觀眾不知原由，以為是特別演出，反應異常熱烈高漲。監督和導演當刻沒選擇腰斬叫停，但後來我知道，這個決定讓他們懊悔無及。因為我亦然。

故事講述一個山林的傳說。女主角聽說找到居於山頂的樹精就能實現願望。劇本採用倒敍法，第一幕就是女主角見過樹精後的情境。劇情還沒有交代他們談過甚麼，女主角的願望不明，演樹精的人甚至還沒出場。

幕開，女主角背對觀眾，旁邊是樹精所住的大樹，被刀刃之類的利物粗糙地刻了一張臉。這個使人不寒而慄的佈景，他們說是她指定的。她取出一面圓鏡，凝視良久。據一位觀眾描述，她整個人像陷進鏡子裏頭。依照劇本，她說出自己寫的獨白。

「小木偶，小木偶。
這是我們約好的地方、約定的交易。
我會守約說謊，請你也守約實現這個謊言。

我望著鏡子，
他眼中的我就是這樣嗎？一直也會這樣嘛？

於是我往對面這個人先打個招呼，她眨眨眼說會聽話。

那就好了。

我說，小木偶你聽好了啦。

這人一直在問我。好煩哩。

你說過會為我實現一切謊言，對吧？

那我說了。

『我發誓，我不喜歡他。』」

忘了交代，她是站在模仿高山的跳台上講述獨白。全場尖叫，多虧執行監督當機立斷，下一刻就是幕黑。

離場後，觀眾才驚覺場刊中「編劇的話」，其中一句寫著「面朝紅座，春暖花開」。回望發現紅座正是指場內的觀眾席。後面一句，她用自己演繹了花開的燦爛，花見短暫有限的美麗。她說過：花見，一生人看一次就好。

畢業演出後，沒有人知道她的下落，連製作組在當天過後也再沒見過她。阿花就此沒再在劇場出現，我甚至不清楚她現在是否還在阿草身邊。我打聽到她連畢業禮都缺席，證書一直待領。最後那一幕是劇本或意外還是沒人曉得，只知那是她最後一次公開露面。聽說，那天她穿上戲服唸對白的模樣好美。我把在機場抽上最後一支玫瑰捲煙的她留在腦海，一直延展，確信她會一直掛念著我並得到一種沒有我的幸福。

對她的離開，各人眾說紛云。有的說家人得知她患病的事，

終於回來照顧她；也有人說她一個人回去了塔斯曼尼亞。其實我更傾向相信她只是厭倦了劇場，如同她厭倦阿草，再厭倦我。

　　說故事向來不是我的強項，我長篇大論地寫下十二萬字，都怪她答應過我。她答應我有天她會告訴所有人，她喜歡陳家豪。我不忍讓她再說謊，便擅自為她，也為自己實現了這個願望。

　　她不是很會和我表達她的想法——我的意思是她願意和我說很多話，比阿草要多的話，但天曉得她內心是否真的如此。如果我能猜透，可能她就會喜歡我；但如果我能猜透，可能我就不會喜歡她。在心情豁達的日子，我是真的接受了這個殘酷且具信服力的可能。

　　所以在故事的很多地方，尤其是我離開香港的中學至在塔斯曼尼亞遇上她的那段時間，於我而言都是一片空白。她氣我因為嚮往新生活而說分手，即使我們在地球另一端奇蹟似的重逢而再度走近，她還是不太願意提起那段空白的日子。為了填補我的缺口她的遺憾，我花了好多個晚上把我倆的所有訊息和信件（對，我還有保存，大概只是遺失了一兩封）讀上一遍，閉上眼睛幻想我是她，是懷著怎樣的心情去寫第一封信，到我因生活而冷落她，又是懷著甚麼心情去讀我的文字。我從未感到和她如此接近過，就像在我心裏真的住了一個她。如果我的想像偏離她太遠而令這個故事未臻圓滿，很對不起。慚愧是我真的不夠了解她，可笑的是世上並沒多少能讓人笑著離開的完場。

　　我知道最討喜的角色從來不是我。但抱歉，這次謝幕只有我

一人。

　　我和她的故事也不值得任何掌聲。演員説謊，劇本沒寫好，開場時間又不定時，有幾天太累睡倒電腦前甚至忘了演出，但我仍然貪婪地希望你們會和我一樣喜歡這段戲。

　　她應該説過，劇場可愛在於它介乎於現實與故事交界。痛的話，就當是故事；懂的話，這就是我們實在的過去。

　　在台下你們可以選擇相信與否。反正我們穿上戲服都是為了讓人相信，也是為了留一點空間讓人懷疑。

　　「花見之時，我們就公告天下。」今天花季逾期，但把我們的事寫到這裏總算履行過。謝謝看到這裏仍然沒離場的你，造就了我們的花見之約。

【全劇終】

花見

花見

觀眾沿出口處離場時，請帶走我們的教訓。謝謝觀賞。

我又說謊了。

　　父親以為我還在悉尼工作，五年前他得知我託朋友的關係找到這個職位，還高興了好長一段時間。我討厭數據的精確，在銀行著實待不下去。

　　姊姊早幾年結婚了，我租住的地方就在她的家附近。不是為了求個照應，而是我們都貪這裏離家裏夠遠。昨晚下機回來香港，明明沒甚麼時差我還是累得不想見人，但姊姊說我這天早上無論如何都得和母親見個面。我照辦了，母親沒生我的氣，付過賬單後只說等我回家。正午離開和唐人街沒兩樣的酒樓，拖著累垮的身軀走回陌生的單位。以前在澳洲還算有朋友同住，我自理是沒問題的，畢竟都二十有八。只是聽說過獨居會有點孤獨。可能我真的應該回家。

　　我住的地方頗舊，就貪樓下有一個小花園。迷信緣分的直覺作祟，因為它就果斷租下這個單位。小花園平日沒幾個人，我可以蹺起二郎腿隨意抽煙。這次難得有個小孩在，我才想起今天是星期天。

　　沒辦法吧。有小孩在場，抽煙始終不太好，唯有待他離開，反正我不趕。曾經我也非常著急的想要回來，可是現在已經失去這個必要，又或者應該說世上其實沒有甚麼是必不可失的。是我年紀大了，我知道的。

　　花圃的旁邊是一個小型遊樂場，兩者相連，偶然也會有對鞦

鞦韆不感興趣的孩子跑過來這邊。我走近男孩張望，沒有一個人似在照顧他，但又不帶一絲迷茫的恐懼，只蹲在石砌畫畫，看樣子不像是走失。

「小朋友，你家人呢？」我坐到石砌上，與他一下子拉近不少距離。

「不知道呀，大人就著我在這裏等，等一會就好囉。」他噘起嘴說話，不看我只看畫簿。可是我看了半天也不知道他在畫甚麼。

「告訴哥哥你在畫甚麼？」和孩子說話好難，但我會盡力擺出一把溫柔的聲線。男孩還是專注在極其抽象的圖畫上不回答我，他是聾了嗎？

「叔叔呀，你坐住了我的檸檬色。」

深呼吸，倒抽一口這個城市專屬的熱空氣。我挪開屁股，撿起他的顏色筆，故意不還給他：「來，告訴哥哥你在畫甚麼鬼東西。」

天啊，我還不夠三十歲，就被喊成叔叔。不過是在銀行耗了幾年，過著早上開會晚上應酬的生活，哪裏老了？這小子太沒家教，這個城市發生甚麼事了？他沒在意我扣留住他的檸檬色蠟筆，打開放在旁邊的背包取出一本圖書，有檸檬色，也有更多。

「我在畫這本故事書的恐龍，牠會吐彩虹的。」他慷慨地向我遞來圖書，我會假設他是在向我釋出善意，但仍然無礙他是個兔崽

子的事實。

「哇，聽起來好噁心。」我隨意翻了幾頁，根本沒在認真看：「為甚麼會吐彩虹呢，你知道彩虹是天然現象嗎？來，哥哥告訴你這些都是騙人——」

　　男孩打斷我的說話：「因為恐龍會吃人，會吃說謊的人。」

「美麗的謊言被眼淚消化，就是彩虹。」他指著故事書的某一頁向我解說，恐龍要喝眼淚維生，所以才故意嚇人，其實心地非常善良。我將蠟筆放回他的筆盒，也為他合上圖書，封面是一隻在吐彩虹的恐龍。我想，他也許像恐龍一樣故意損人，但其實心地善良。

「童話書會騙人呢，不要盡信。」他一直喊我叔叔，害得我也不得不說些大人才會說的話。

　　他點頭說：「知道了。」轉瞬又搖頭：「但這一本肯定不會。」

　　我沒有和他爭論下去，也似乎接受了小子侵佔這裏。他繼續畫他的恐龍，我卻不能抽煙，摸往口袋，只剩下一部 mp3 播放器。

　　我好久沒聽歌了。

靜　太安靜　唱首歌　來聽聽
想感應　有生命　正波動　在傳情

曾經我與流行曲密不可分。我以為沒有音樂，一天都活不下去。可是如我開初所言，這個世界其實也沒甚麼是不可失去的。青蔥歲月就是一邊喊著捱不過去，然後一邊走過。只是當意識到這個定理的時候，我們都長得太大了。

　　若　有些事　有些歌　能作証
　　倒想再聽　人在生　每場革命那歌詠

　　流行曲陪我長大倒是真的。播放器一直記住了冗長的歌單，組合起來就是以前的我。這個下午我才記起，原來我以前還演過戲劇。記起了劇場的熱鬧和大學的胡鬧，就更不願承認我是怕獨居的虛位，才可憐得要賴在花園找個幾歲的孩子來說說話。

　　「小朋友，你叫甚麼名字？」我除下一邊耳筒，這樣問他。

　　他取出另外一支蠟筆，沒回答，只指著上面的姓名貼：「家豪」。

　　「好巧呀！」我難以置信地指著自己鼻子：「哥哥我也叫家豪。」
　　「真的嗎？」他的驚訝程度不亞於我，圓溜溜的眼睛睜得要掉出來：「叔叔和我的名字竟然一樣呀！」

　　「不過這個名字其實很普遍，你長大後就會發現每年班上都至少有一個和你同名的人。」我苦笑著，這些年一直努力學著坦然但總是無法避過想起她的時刻。而每次想起，我又無法捺住要提起她。

「哥哥以前有個朋友,她常常笑我是公廁名——」

「公廁?」他一臉疑惑,天真爛漫地遙指馬路對面的骯髒男廁:「公廁名是甚麼意思?」

　　我自覺失言,還好他的家人不在場:「我是説,哥哥的朋友也常笑這個名字普遍,因為每人身邊都至少有一個叫家豪的人。」我接過他拿住的西瓜色蠟筆,連名字寫法都一模一樣。今天能遇上他肯定也是緣分。但願他長大後別像我就好。

「但她説,不是每人身邊都有一個家豪。」於男孩而言應該是太難懂,但將來你肯定會知道我在説甚麼。

「會有一個女孩讓你明白的。」我説孩子,好好期待吧。

「我明白呀,」他又擺出一副神氣的模樣:「媽媽也是這樣説。」

　　他翻開故事書的第一頁,以燙金字印刷:**獻給　來到我生命中的家豪。**

「這本書是我媽懷著我時寫的。」小子抬抬眼鏡,非常欠揍。難怪他這麼肯定這本圖書不騙人。

　　看著不遠處的團團轉,經過的路人手癢一撥,它就不停自轉,轉轉轉到我以為它會開出一朵花。有點暈眩,我改變視線。

「家豪,你在這裏呀。」一個女人向這邊呼喊:「怎麼跑來這邊,害我找了半天。」

女人盤起髮髻使得鎖骨尤其明顯，她瘦削得有點太誇張。白布裙白布鞋，口袋放著煙草和煙紙。太容易辨認。這是我以前常抽的玫瑰煙絲，只是在銀行工作太忙，我都改抽方便的成煙。

男孩抱著圖書，親暱地向女人跑去。蠟筆散落，畫簿和書包也不管。

「媽，我在向叔叔說恐龍的故事。」他用力牽著女人的手，她明顯被扯疼了卻一臉幸福：「這個叔叔說會吐彩虹的恐龍好嘔心。」

女人望向男孩所指的方向，我也從石磐站起來。她一手牽著男孩，另一手拿著非常殘舊的銅鐵打火機，雕刻變得面目模糊，但我不可能沒認出來。不可能。有些面目，你到瞎掉的一天也能認出。此刻，左邊耳筒還掛在耳窩，歌詞模糊。

流行曲　錄下年輕豐盛
輓歌之聲　輕輕帶領
你與我回到平靜

欄杆隔著花園和遊樂場。我留戀花園，因為有她的名字；她喜歡教人跟蹤的遊樂場，像年輕時我們也為對方跌倒受傷過太多次仍樂不可支。只有男孩蹦蹦跳跳的穿梭兩個時空。

我意識到自己應該做點甚麼。

於是，我默默蹲下替男孩收拾好蠟筆，拍走畫簿的灰塵，拉

好書包拉鏈，也檢查了水壺的瓶蓋擰好沒有。男孩識趣地向我跑來。我為他將書包肩帶調節至適合的高度，心疼這個書包於小不點的他會不會太沉。

「媽，你剛才又去吐彩虹了？」男孩回到女人身邊，演技浮誇地捏住鼻子。我想女人習慣不讓孩子看到自己抽煙。這是很難隱瞞的一回事，可是孩子知道，和他親眼見到還是很有差別。我們都在盡力找出細微而精準的平衡，儘管世間的天秤從不對等。

　　女人一瞥手中的打火機，雙手連忙插袋苦笑，應該也不打算回答。

　　她身在遊樂場，身後剛巧就是供小孩爬玩的銅製隧道。入口是極其幾何的圓，身影就在正中。

　　女人伸出瘦削的手，示意讓人牽著她。眼神無比溫柔，瞳孔中有一個男孩。

「我們回去吧，家豪。」

《花見：一個謊言與出軌的故事》
全書完

時間囊的願望，即使今天沒這樣被實現，
她也早在第二十四首歌猜對了。

Afterword

後記，其實就是謝幕。

　　第一個鞠躬還是要給出版社的所有人。謝謝總編的信任，謝謝編輯的照顧，謝謝設計師的心思。由第一張書約走到第三張，我也由大學校園踏進職場。我常說每個故事都保管著不同時期的自己，感謝你們讓這些時刻得以記下。

　　第二個鞠躬要給讀者。在網絡寫作這回事其實頗為尷尬，不是指情感上的尷尬（開始時的確覺得非常赤裸，可幸現在經已慢慢適應過來），而是定位上的尷尬。網絡發達，隨意搜尋我的故事就能在眼前呈現。即使完整的故事垂手可得，不少在網上追看完的讀者仍然買書支持，並給我寫下很長的說話。我從來不覺得自己的故事有那麼值得追看，甚至越看越不堪入目。直至你們寫下讀後感，說這些情節、這些角色為你們帶來了甚麼想法和感受，才為這些故事賦予意義，也讓我重新喜歡上這些文字。其實還有很多要感謝的人，但第三個鞠躬我就不數下去了，開始有點像葬禮。

　　關於這個重製的故事，有件不得不分享的趣事。當初寫《愛聽陳奕迅的男孩》時我還在大學二年級，前景一片模糊也懶得探索。不知何故想寫關於劇場的事，便讓家豪和阿花在劇場重遇，過過筆癮。下筆重寫是大學畢業的事，我和其他畢業生一樣也已經踏上職場。無獨有偶，也可說是陰差陽錯，我也進了劇場工作（這算是「自我實現預言」嗎？）雖不至於天天「0923」，但也幾乎是「7x24」。考慮到由零重新創作的話可能未及適應，有感這是一個重寫舊故事的契機，同時讓寫作在不可與之分割

的生活轉變之中作個短暫過渡。

　　這次後記特別想談結局。由於是重寫的關係，不少讀者已經讀過原來的故事，當然也知道結局去向。就我聽到的意見，似乎沒有一個是喜歡這個結局的。在重製版連載結局的前一天，甚至還有讀者說「結局依舊的話就不看了」。其實我也理解，在說第三者的故事裏頭，主角沒有和第三者終成眷屬是有點讓人懊惱。但她選擇原來的關係，我認為其實是最接近現實的一個結果。說實話，連載結局前的一晚我頗為糾結，從幾年前寫完故事後接過不少意見，比較多的是要求寫一個平行結局，好等阿花和家豪能在一起；也有讀者反映在重寫的版本中，希望能有個不一樣的結尾。猶豫過好些時刻，可是如故事中的家豪說，世上並沒有多少個能讓人笑著離去的完場。讓大家笑著或哭著接受這個壞結局，就像我們和家豪每天也在努力接受比壞結局要糟糕一千倍的現實。

　　在最後，我想借《仲夏夜之夢》一段節錄作結。我讀過的劇本中就數這個結尾最深刻有趣，也富劇場感。完場獨白中，我最喜歡的角色精靈怕克這樣說：

Gentles, do not reprehend.
If you pardon, we will mend.
…
So, good night unto you all.
Give me your hands, if we be friends,
And Robin shall restore amends.

● 《診所低能奇觀》系列

當世四大天王：
黎郭劉張 (上)

● 《詭異日常事件》系列

圖書館借來的　　　銀行小妹
魔法書　　　　　　甩轆日記

● 《倫敦金》系列

HiHi 喇好地地　　　我的你的紅的
一個人點知……

● 《Deep Web File》系列

向西聞記　　　　　無眠書

● 《絕》系列

殺戮天國　　　　　遺憾修正萬事屋

花見

一個謊言與
出軌的故事

作者　　　　理想很遠

出版總監　　余禮禧
責任編輯　　陳婉婷

美術設計　　陳希頤
製作　　　　點子出版

出版　　　　點子出版
地址　　　　荃灣海盛路 11 號 One MidTown 13 樓 20 室
查詢　　　　info@idea-publication.com

印刷　　　　海洋印務有限公司
地址　　　　黃竹坑道 40 號貴寶工業大廈 7 樓 A 室
查詢　　　　2819 5112

發行　　　　泛華發行代理有限公司
地址　　　　將軍澳工業邨駿昌街 7 號 2 樓
查詢　　　　gccd@singtaonewscorp.com

出版日期　　2019 年 3 月 28 日
國際書碼　　978-988-79276-2-4
定價　　　　$88

Printed in Hong Kong

點子出版
IDEA PUBLICATION

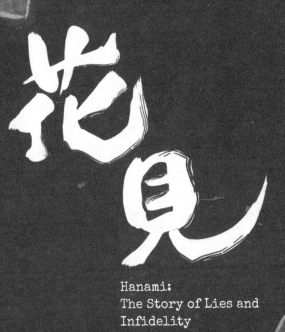

花見

Hanami:
The Story of Lies and
Infidelity